मेरी दीदी

मेरी दीदी

ओका शूज़ो

अनुवाद और चयन

उनीता सच्चिदानन्द

राजकमल प्रकाशन

ISBN : 978-81-267-0622-8

मूल्य : ₹395

पहला संस्करण : 2002
पहली आवृत्ति : 2023

प्रकाशक : राजकमल प्रकाशन प्रा. लि.
1-बी, नेताजी सुभाष मार्ग, दरियागंज
नई दिल्ली-110 002

शाखाएँ : अशोक राजपथ, साइंस कॉलेज के सामने, पटना-800 006
पहली मंज़िल, दरबारी बिल्डिंग, महात्मा गांधी मार्ग, प्रयागराज-211 001
1, अनमोल सोराबजी सन्तुक लेन, धोबी तलाव, मरीन लाइंस, मुम्बई-400 002
वेबसाइट : www.rajkamalprakashan.com
ई-मेल : info@rajkamalprakashan.com

मुद्रक : बी.के. ऑफसेट
नवीन शाहदरा, दिल्ली-110 032

MERI DIDI
Selected & Translated by Unita Sachidanand

दो शब्द

भारत और जापान के राजनयिक सम्बन्ध की इस स्वर्ण जयन्ती वर्ष में जापानी लोक साहित्य, बाल तथा आधुनिक साहित्य की इस श्रृंखला को भारतीय पाठकों को समर्पित करते हुए मुझे अपार हर्ष हो रहा है। इस श्रृंखला में 12 पुस्तकें प्रकाशित हो रही हैं। इनमें से दो पुस्तकें जापानी लोक कथाओं और तीन जापान के विशिष्ट बाल कथाकारों की चुनिंदा रचनाओं से सम्बन्ध रखती हैं।

इन पुस्तकों में मैंने नीइमी नानकिचि, हामादा हिरोसुके, त्सुबोता जोजी, मुशानोकोजी सानेआत्सु, ओगावा मिमेई और शिमाजाकी तोसोन जैसे दिग्गजों की रचनाओं को सम्मिलित किया है। दो और पुस्तकें अग्रणी समकालीन कथाकार ओका शूजो की बहुचर्चित पुस्तक 'बोकु नो ओनेसान' का अनुवाद है जिसे मैंने जापान की श्रीमती योशिको ओकागुची के साथ मिलकर सम्पन्न किया है।

आधुनिक एवं समकालीन जापानी साहित्य का अवलोकन अन्य पाँच संकलनों में आयोजित करने की चेष्टा की गई है। इनमें जहाँ कावाबाता यासुनारी की 'हथेली-भर कहानियाँ' हैं वहीं मियाजावा केन्जी, आवा नावाको और ओगावा मिमेई की फंतासी, आकुतागावा र्‌यूनोसुके का व्यंग्य, शिगा नाओया, आरिशिमा ताकेओ व मात्सुतानी मियोको की भावपूर्ण संवेदनात्मक रचनाएँ भी हैं।

जापान के आर्थिक और सामाजिक विकास की यात्रा, द्वितीय विश्व महायुद्ध के विध्वंसक परिणामों तथा पूँजीवादी प्रोद्योगिकीकरण से प्रभावित सामाजिक और आर्थिक हलचलों को संबोधित करते आबे कोबो, साता इनेको तथा हायाशी फुमिको की रचनाएँ एक अलग ही पहलू से हमारा साक्षात्कार कराएँगी। बारहवीं पुस्तक आधुनिक जापानी साहित्य और साहित्यकारों से भारतीय पाठकों का परिचय कराएँगी। उम्मीद है कि इन पुस्तकों के जरिए जापानी साहित्य की एक लघु यात्रा पाठकों को पसंद आएगी। पिछले पाँच वर्षों से मैं इस कार्य के सम्पादन में प्रयत्नशील रही हूँ। इस कोशिश में मेरा

हौसला बढ़ाते और हर पल सहयोग करते मेरे कई मित्रों का महत्त्वपूर्ण योगदान रहा है।

सर्वप्रथम मैं भारत में जापान के राजदूत श्री हिरोशी हीराबायाशी के प्रति अपना आभार प्रकट करना चाहती हूँ जिन्होंने इस कार्य के लिए मुझे प्रोत्साहित किया। जापान की संस्कृति व सूचना केन्द्र के निदेशक श्री मिनेमुरा, राजदूत के विशिष्ट अधिकारी कु. हिरोमी सातो और श्री शिनसुके जो स्वयं बखूबी हिन्दी भाषा और साहित्य की अच्छी जानकारी रखते हैं; जापान फाउण्डेशन के निदेशक श्री फुकाज़ावा एवं उपनिदेशक कोजी सातो का मैं धन्यवाद करना चाहूँगी जिनका सहयोग मुझे लगातार मिलता रहा।

मैं लेखक ओका शूज़ो की सहृदय आभारी हूँ जिन्होंने मूल किताब का कॉपीराइट सहर्ष तत्परता के साथ भारत-जापान मैत्री को समर्पित कर दिया।

जापान के ताकशोकु विश्वविद्यालय में कार्यरत हिन्दी साहित्य के प्रोफेसर तेजी साकाता जी ने इस अनुवाद को करने के लिए हमें प्रेरित किया, हम उनके आभारी हूँ।

इन पुस्तकों की पाण्डुलिपि की तैयारी के दौरान राजकमल प्रकाशन के श्री उपेन्द्र झा, श्री चेतन क्रान्ति, श्री नरेश कुमार शर्मा, श्री तपस सरकार, आकांक्षा कम्प्यूटर के श्री नारायण एवं जवाहरलाल नेहरू विश्वविद्यालय के पूर्व एशियाई अध्ययन केन्द्र के शोधछात्र श्री संदीप कु. मिश्र से मिला योगदान अविस्मरणीय है। लेकिन इस यात्रा में राजकमल प्रकाशन के निदेशक श्री अशोक कुमार महेश्वरी का एक अभूतपूर्व योगदान है जिसकी वजह से मेरी मेहनत सफल हो पाई है।

अंत में, मैं अपने पति डा. सच्चिदानन्द सिन्हा, पुत्री वरुणी और पुत्र सोहम के प्रति अपना आभार प्रकट करना चाहूँगी, जिन्होंने विगत पाँच वर्षों के दौरान मुझे न सिर्फ उपयुक्त माहौल प्रदान किया बल्कि घर-परिवार की जिम्मेदारी में मेरा हाथ बँटाया। उनके धैर्य के अनन्त भण्डार के बगैर यह कार्य मैं कदापित संपादित नहीं कर पाती।

उनीता सच्चिदानन्द
चीनी व जापानी अध्ययन विभाग
दिल्ली विश्वविद्यालय
दिल्ली

FOREWORD

Inquisitiveness has always been a basic human trait, with mankind constantly seeking to learn more and more about other civilizations and cultures. Each nation has its own unique culture and way of living, about which people in other countries are always curious to know. Literature is the medium that provides a window to other societies, by helping us to understand their thoughts and aspirations. But, sometimes difference in language acts as a barrier in this task. It is here that the significance of literary translations comes to the fore. Literary translations have performed an important role of promoting global cultural interaction since times immemorial, and will continue to do so in the future as well.

The year 2002 make the 50th anniversary of diplomatic relations between Japan and India, which were established in April 1952. These fifty years have seen our relationship grow into a multi-dimensional one, covering a diverse range of areas such as political, economic, defence, art and culture, etc. Today, the ties between Japan and India are deeper and larger than ever before, based on mutual understanding and respect for each other. While the past fifty years have been positive and productive, we would like the next fifty years to be more so, and look forward to fruitful and close relations between our two peoples in the coming decades.

Dr. Unita Sachidanand has played a significant role in the promotion of mutual understanding between the people of our two countries. Having dedicated herself to the cause of strengthening the ties between our two countries through mutual appreciation of literature, she has once again undertaken the commendable initiative of introducing Japanese literature to Indian readers in Hindi. In 1998, she has brought out three volumes of translated Japanese literature. This time, she brings out a set of twelve tiles to commemorate the Golden Jubilee of Japan-India Diplomatic Relations. These books cover a wide variety of Japanese literary genre — from folk tales to modern fantasies, satire, children's stories, and mainstream literature written by some of the finest Japanese writers of all times. She also records two narratives presented by the *katari*, be the tradition Japanese storytellers.

Her selection is truly impressive and covers a wide spectrum of Japanese literature. In her collection, she has picked up representative stores from different periods in such a manner that they take the reader through a comprehensive literary journey of Japan. The first book contains some of the everlasting folk tales representing legends, myths and beliefs of Japan. These have been retold by the author in an absorbing style that would be liked by readers of all ages. The next three books carry an assortment of children's sotries specially written by some of the greatest literary craftsmen of Japan, such as Niimi Nankichi, Hamada Hirosuke, Shimazaki Toson, Mushanokoji Saneastsu, Tsubota Joji and Matsutani Miyoko. Though most of these authors belong to the mainstream of Japanese literature, the present selection includes those stores that these great writers have crafted specially for children. Japanese children virtually grow up with these stories, as some of these also find a place in most school textbooks in Japan.

I am particularly touched by the six stories by one of the contemporary Japanese authors, Oka Shuzo, profiling the life of the mentally and physically challenged persons. The compassion presented in these stories is a befitting tribute to the cause of such differently gifted persons. This book has received several awards such as the Akai Tori Award, Niimi Nankichi Award and Tsubota Joji Award, and has also been produced as a motion picture. This book is being brought out by Dr. Sachidanand in collaboration with Ms. Yoshiko Okaguchi of Japan, highlighting the need for such collaborative initiatives in this Golden Jubilee Year of Japan-India Friendship.

The collections included in two of the twelve titles have been largely devoted to fantasies created by Ogawa Mimei, Miyazawa Kenji and Awa Naoko. Four of the titles represent mainstream Japanese literature immaculately selected from the writings of influential authors such as Shiga Naoya, Akutagawa Ryunosuke, Arishima Takeo, Sata Ineko, Abe Kobo, Hayashi Fumiko, Matsutani Miyoko and last but not the least, an interesting collection of what is often referred to as the 'palm-sized stories' of Kawabata Yasunari, the first Japanese Noble laureate in literature. This volume of Kawabata's short stories has been translated by the students of Japanese literature in the University of Delhi, where Dr. Sachidanand teaches. I find it truly heart-warming that the translators and the editor have dedicated these stories to the long life of Japan-India Friendship in the true spirit and character of the 'palm-sized stories'. I congratulate the young scholars of Japanese language and literature for their commendable gesture.

In order to help the Indian readers appreciate the collection presented in these multi-volume anthologies of Japanese literature, Dr. Sachidanand aptly adds the twelfth one, which presents a lucid and comprehensive history of modern Japanese literature and its notable contributors. It is praiseworthy to note that the author traverses the entire gamut of Japanese literature from the Meiji period onwards, covering the contemporary trends in Japanese literature as well. She devotes a separate chapter highlighting the contribution of women authors in Japan.

I have great appreciation and admiration for all the efforts taken by Dr. Unita Sachidanand in preparation of these books, and would like to congratulate her and the publisher, Rajkamal Prakashan, for accomplishing such a magnificent task in this Golden Jubilee Year of Japan-India Diplomatic Relationship. I wish the author and the publisher an outstanding success in their current as well as future endeavours.

Hiroshi Hirabayashi
Ambassador of Japan to India

क्रम

ओका शूजो 11
मेरी दीदी 13
दाँतों के निशान 35
माला 63

परिशिष्ट 93

ओका शूज़ो

(1941-)

ओका शूज़ो चालीस वर्ष की उम्र तक अपंग बच्चों के विद्यालय में अध्यापक के तौर पर कार्यरत रहे। तत्पश्चात् शरीर रोगग्रस्त रहने लगा। इन्होंने स्कूल की नौकरी छोड़ अपना पूरा समय लेखन-कार्य में लगाना आरम्भ किया। इन्होंने शरीर से लाचार बच्चों के अनुभवों को अपने लेखन का विषयवस्तु बनाया।

मेरी दीदी

मूल शीर्षक : बोकु नो ओनेसान,

स्रोत : ओका शूजो: बोकु नो ओनेसान, केइसेइशा, 1999

[1]

'धप्प...धप्प...' किसी के फुर्ती से सीढ़ियाँ उतरने की आवाज़ से मेरी आँखें खुलीं। दीदी की एक खास किस्म की मोटी आवाज मेरे कानों में पड़ी–

"पापा, जदी आना, जदी, तीक!"

"क्या? हिरो की माँ, तुम्हीं बताओ, यह क्या बोल रही है?" ये पिताजी के शब्द थे।

"यह कह रही है कि जल्दी आना।" माँ का स्वर था।

"पापा, जदी आना, तीक जदी।"

"समझ गया, समझ गया, हिरो, मैं समझ गया।"

"उंदरी पकर आदा।"

"हाँ, उँगली पकड़कर वायदा करता हूँ। हिरो की माँ, बताओ तो सही कि आज है क्या?"

"हाँ, क्या होगा? मुझे भी नहीं मालूम! हिरो, क्या है आज, जो तुम जल्दी आने को कह रही हो?"

"पापा, आना, एतोआन जा..."

"यह 'एतोआन' क्या है?"

"एतोआन! पापा, माँ, चोचा जा।"

"चलो, अभी तो मैं निकलता हूँ। जल्दी आने की कोशिश करूँगा, लेकिन...अच्छा, तो फिर मैं जाता हूँ।"

"अच्छा हो आइए।"

माँ के इन शब्दों के बाद दीदी 'बाय-बाय' चिल्लाई।

आखिर दीदी ने यह शोर क्यों मचा रखा है? मैं आँखें मलता हुआ सीढ़ियों से उतरा तो देखा, दीदी शयन-वस्त्र पहने माँ के कंधों से झूलती रसोईघर में जा रही थी।

"क्या हुआ?" रसोईघर में प्रवेश करते ही मैंने जम्हाई लेते हुए पूछा।

"अरे भई, ऐसा लगता है, दीदी को पापा से कुछ काम था।"

"दीदी, आखिर बात क्या है?"

"चोचा (शोचान), जदी आना।"

"मैं तो हमेशा ही दीदी से पहले घर आ जाता हूँ।"

"चोचा अचा बाचा।" यह कहकर दीदी ने मेरा सिर जो लगभग उसकी ऊँचाई तक आता था, सहलाया।

"मैं कोई अच्छा बच्चा नहीं हूँ। आज क्यों जल्दी आना है? क्या काम है?"

"रैचे है।"

दीदी ने अपनी छोटी और भद्दी उँगली मोटे होंठों पर रखते हुए कहा।

"रहस्य?"

"हाँ, रैचे।"

"क्या रहस्य होगा शोइची? मुझे तो बड़ी उत्सुकता हो रही है जानने की!" माँ मजाकिए ढंग से हँसी।

आठ बजने से पहले मैं और दीदी घर से निकले। मुख्य सड़क तक हम दोनों इकट्ठे गए और फिर एक-दूसरे से हाथ हिलाते हुए दाएँ और बाएँ विदा हुए। पाँचवीं कक्षा का विद्यार्थी मैं अपने स्कूल की ओर चल पड़ा और बहन कल्याण केन्द्र की ओर, जहाँ वह इस बसंत से काम कर रही है। यहाँ काम करने से दो महीने पहले बहन ने माँ के साथ बस और रेलगाड़ी में चढ़ने-उतरने और गाड़ी बदलने का अभ्यास किया था। अब वह खुद ही आने-जाने में

समर्थ हो गई थी।

शुरू में जब वह अकेली आने-जाने लगी, तो माँ चिन्ता के मारे कोई काम नहीं कर पाती थी। उसके घर वापस आने का समय नजदीक होता, तो माँ गेट के अन्दर-बाहर करती रहती थी। ऐसी हालत देखकर मैं कभी हँस देता तो पैनी निगाहों से देखकर वह कहती – 'शोइची, तुम बहुत निर्दयी हो।'

माँ की बेचैनी का कारण मुझे बिलकुल समझ में नहीं आता था। जहाँ तक दीदी का सवाल है, उसके बारे में चिंता करने की कोई बात ही नहीं थी। दीदी गलती से भी कोई जोखिम उठाना पसन्द नहीं करती थी- चाहे आप इसे उसका गंभीर स्वभाव कहें या भीरुपन। यदि एक बार भी उसे कोई चीज गलती से याद हो जाए, तो उसमें बदलाव की कोई गुंजाइश नहीं होती थी।

[2]

उस दिन दोपहर को मैं किसी काम में इतना उलझा हुआ था कि दीदी की सुबह की बातों को बिलकुल भूल ही गया।

इस उलझन की वजह थी – मेरा होमवर्क। मुझे एक निबन्ध लिखना था जिसका विषय भी कुछ और नहीं, बल्कि 'अपने भाई-बहन' था। चूँकि हम दो ही

भाई–बहन हैं, इसलिए दीदी पर लिखने के अलावा मेरे पास कोई चारा भी न था। परन्तु बहन तो 'डाउन सिण्ड्रोम' से अपंग थी! कहने को तो वह सत्रह वर्ष की हो गई थी; परन्तु अभी तक उसे वर्णमाला (अ, ई उ, ए) भी पढ़नी नहीं आती थी, सिर्फ अपना नाम ही लिख पाती थी। जहाँ तक गिनती या हिसाब–किताब का सवाल था, उनमें वह एकदम शून्य थी। इसलिए पैसों का इस्तेमाल करना भी नहीं जानती थी।

इसी से सम्बन्धित एक घटना मुझे याद आती है, जो पिछले नववर्ष पर घटी थी। नए साल पर पैसे की भेंट[1] मिलने पर दीदी ने मुझसे कहा कि मैं उसके हजार येन के नोट के बदले एक सौ येन के सिक्के उसे दे दूँ।

मैंने जब इसका कारण पूछा तो उसने बताया कि वह सिक्कों से मशीन के द्वारा जूस खरीद सकती है। और इस तरह हजार के नोट के बदले दीदी को सौ के सिक्के देने में मेरे पास काफी पैसे बच गए।

दीदी के साथ ज़रा ज्यादा ही अन्याय हुआ है, यह सोचकर मैंने बाद में चार–पाँच सिक्के उसे और दे दिए, हालाँकि उसके बाद मुझे एहसास हुआ, ऐसा करना मेरी मूर्खता थी। अदला–बदली में सिक्के अधिक

1. (ओतोशीदामा)

मिलने की खुशी में दीदी उछलती हुई माँ के पास पहुँच गई, और मेरी बेईमानी पकड़ी गई।

"दीदी ने ही तो कहा था बदलने के लिए!"

"लेकिन तुम इतना तो जानते हो कि हजार येन का नोट और सौ येन का सिक्का बराबर नहीं होता।"

"लेकिन दीदी ने कहा कि उसे सौ येन मिल जाएँ तो वह खुश हो जाएगी।"

"दीदी को तो कुछ समझ नहीं है, इसलिए उसने ऐसा कह दिया और तुमने मान लिया? मैं तुम्हें माफ नहीं कर सकती। तुम्हें मालूम है कि ऐसा करना दीदी को उल्लू बनाने जैसा है?" और माँ रो पड़ी।

मैं तो इसे हलका-फुलका मजाक समझ रहा था। मेरी समझ में नहीं आया कि मुझे इतनी सख्त डाँट क्यों पड़ी!

दीदी पर दया करके मैं बहुत पछताया। मैं सोच रहा था कि आखिर मुझे दीदी को कुछ और सिक्के नहीं देने चाहिए थे।

वैसे भी दीदी का होना न होना, मेरे लिए बराबर था। एक तो वह बेवकूफ थी, ऊपर से बहुत ही भद्दी और मोटी। सत्रह साल के बावजूद कद मेरे बराबर! मैं तो अभी पाँचवीं का ही छात्र हूँ। उसकी नाक चपटी और आँखें इतनी छोटी कि झूठी तारीफ में भी बड़ी और साफ खुली हुई नहीं कही जा सकतीं।

ऊपर से होंठ मोटे, और ऐसे ही न जाने कितने और अवगुण। हर नजरिए से उसमें ऐसा कुछ नहीं था जिससे दीदी होने का मुझे गर्व हो।

जब कभी मेरे दोस्त घर पर आते तो आश्चर्य से पूछते, "अरे, यह कौन है?"

"दीदी!" कहने के लिए मुझे हिम्मत बटोरनी पड़ती।

सभी आश्चर्यचकित हो दीदी को देखते। पीछे वे लोग क्या कहते थे, यह भी मुझे मालूम है, क्योंकि लड़ाई होने पर वे हमेशा दीदी के बारे में न जाने क्या-क्या बोल पड़ते। इसीलिए मैं दोस्तों को घर कम ही बुलाता था।

एक बार तीसरी कक्षा में था तो दो दोस्त मेरे घर आए।

मेरे कमरे में हम लोग ताश खेल रहे थे। मैंने दीदी को आने लिए मना किया हुआ था; परन्तु शायद हम लोगों की बातें उसे मज़ेदार लगीं और अपने-आपको रोक पाने में असमर्थ दीदी अंततः हमारे कमरे में चली आई। और तो और, वह दरवाजा खोलते ही 'बू' करके चिल्लाई। दोनों दोस्त फटी आँखों से दीदी को देखते ही रहे।

"चोचा, नमते!"

दीदी ने एक हाथ बहुत ऊपर उठा मुझे नमस्ते की

फिर प्यार से मुस्कराते हुए दरवाजा बन्द कर दिया। शायद वह थोड़ा शरमा रही थी।

"ओय, कौन है वह?"

दोस्त के इस प्रश्न से अब तक मैं अभ्यस्त हो चला था।

"मेरी दीदी," ताश पलटते हाथों को देखते हुए मैंने रुखाई से जवाब दिया। न देखते हुए भी मैं जानता था कि दोनों के चेहरों के भाव कैसे बदले होंगे।

तभी दरवाजा अचानक खुला और दीदी ने फिर से अपना चेहरा दिखाया। 'बू' चिल्लाते हुए, पेट को पकड़े अपने-आप हँसने लगी। थोड़ी देर हँसने के बाद अन्त में ताश की ओर इशारा करते हुए बोली, "तात केरना है। हिओ भी केरेगी तात।"

दोस्त भावशून्य हो गए।

"ओय, क्या कह रही है? कुछ तात-सा कहा ना?"

"ना, शोइची, तुम्हारी दीदी क्या कह रही थी?"

"ताश खेलना है और हिरो भी खेलेगी, कह रही है।"

"ओह तो तात, ताश के लिए कहा था!"

"तात केरना है।"

'दूसरे' ने दीदी की नकल की और 'पहले' के चेहरे से चेहरा मिलाकर हँसते-हँसते लोट-पोट हो गया।

“केरना, केरना।”

दीदी ने अपने चेहरे को सिकोड़ अजीब-सा मुँह बनाया। वह ताश के केवल दो ही खेल जानती थी - ओल्ड मेड और मैमोरी।

ओल्ड मेड भी कुछ इस तरह कि उसके पास अगर वह पत्ता चला गया तो उसके अत्यधिक प्रसन्नचित्त चेहरे से ही पता चल जाता था। और जहाँ तक पत्ता याद करने का सवाल है, तो वह अपने पास खुले पत्ते भी याद न कर पाती और इस तरह केवल दूसरों से पत्ते छिनवाती रहती। मेरे दोनों दोस्तों को अत्यधिक मजा आ रहा था, इसलिए हम चारों मिलकर काफी समय तक खेले, परन्तु...।

दूसरे दिन जब मैं स्कूल गया तो सभी को पहले से ही दीदी के बारे में मालूम चल चुका था।

‘अरे सुनो, शोइची की जो दीदी है, सुना है, वह गिनती भी नहीं कर सकती!’

‘और यह भी सुना है कि वह बच्चों जैसी बातें करती है।’

कुछ तो साफ-साफ इस तरह भी कह रहे थे छोटी, मोटी और भद्दी-सर्वगुण संपन्न है वह!’

और कुछ ऐसे भी थे जो उँगलियों से लोमड़ी का चेहरा बनाकर दिखाते ‘कहते हैं कि उसका चेहरा ऐसा है!’

'यानी, ऐसा?' कहते हुए कुछ सिर के ऊपर हाथ गोल-गोल घुमाते हुए बोलते।

उस वक्त सभी हँसते-हँसते लोट-पोट हो गए थे।

मेरे घर इतने मजे से खेलने के बावजूद मेरे दोनों दोस्त...।

मैं रुआँसा हो अपने होंठ काट रहा था। मेरी स्थिति की परवाह किए बिना सभी ने जब कहा, 'मुझे भी दिखाओ अपनी दीदी को' तो मुझे ऐसा लगा, जैसे वे लोग चिड़ियाघर में किसी बन्दर को देखना चाह रहे हों!

मेज के ऊपर निबन्ध के पन्नों को खोल मैं ठोढ़ी को हाथों पर टेके चुपचाप भावशून्य हो इन्हीं बातों में खोया था:

'क्या दीदी का नहीं होना ही अच्छा है? नहीं, उसका होना अच्छा है। इकलौता होना तो मुझे भी पसन्द नहीं। समस्याओं के बावजूद दीदी का होना अच्छा लगता है। मेरी तो सारी बातें मान ही लेती है। वह मधुर भी है...इसलिए उसका होना बहुत जरूरी है।'

परन्तु...।

'मेरी दीदी' शीर्षक तो लिख लिया, लेकिन उसके आगे लिखने के लिए हाथ बिलकुल ही बढ़ नहीं रहा था।

[3]

"आगी।" छः बजे के करीब प्रसन्नचित्त आवाज़ के साथ दीदी घर लौटी।

"स्वागत है।" रसोई से माँ की आवाज़ आई।

तेजी से रसोई में जाते दीदी के पैरों की आवाज़ आई। तभी अचानक 'ऊँह-ऊँह' रोने के स्वर गूँजने लगे। 'क्या हो गया?' यह सोचते हुए मैं जल्दी से सीढ़ियाँ उतरा और रसोई की ओर बढ़ा।

दीदी रसोई के फर्श पर बाँहें फैलाए चीख-चीख कर रो रही थी:

"तीक नहीं, तीक नहीं, काना, तीक नहीं! ऐतोआन जा!"

"हिरो, क्या हुआ? क्यों ठीक नहीं?" माँ एप्रेन पर हाथ पोंछते हुए पूछ रही थी।

"काना तीक नहीं। ऐतोआन।"

" 'ऐतोआन जा' आखिर क्या बला है?"

"मामा, दीदी कहीं रेस्टोरेण्ट जाने को तो नहीं कह रही है?"

"हिरो, क्या तुम रेस्टोरेण्ट जाने के लिए कह रही हो?"

इस पर दीदी ने रोना बिलकुल बन्द कर जोर से हामी भरी।

'ऐतोआन जा' का मतलब रेस्टोरेण्ट जाने से है?

लेकिन मैं तो रात का खाना भी बना चुकी हूँ। ना, हिरो, क्या कल ठीक नहीं रहेगा रेस्टोरेण्ट जाना?"

"तीक नहीं, पापा उँदरी पकर आदा कया?"

"सचमुच, पापा ने उँगली पकड़कर वायदा किया है, परन्तु, पापा भी नहीं समझे थे कि तुम रेस्टोरेण्ट जाने को कह रही थीं। आज ही जाना क्यों जरूरी है?"

"तीक नहीं। ऐताआन जा।"

"दीदी से पूछने पर भी मालूम नहीं पड़ेगा। कुछ बात जरूर है माँ!"

"जन्मदिन भी नहीं है...कोई सालगिरह है क्या... मुझे कुछ याद नहीं आ रहा; परन्तु, सुबह से ही शोर मचाए हुई है। इस तरह उलझन में सबको डाल रखा है। जिद्दी जो ठहरी हिरो...!"

"एकदम सही, काठ की बनी है दीदी।"

मेरा यह कहना था कि दीदी ने तुरन्त चुपचाप मुस्कराते हुए अपने सूखे आँसुओं को उल्टी हथेली से पोंछ लिया।

मेरे लिए तो रेस्टोरेण्ट जाना सुखद ही था और यही कारण था कि माँ के उदास चेहरे के विपरीत मैं खुश था।

"परन्तु इसका क्या करें?" मेज़ के ऊपर रखे पकवान को देखते हुए माँ अपने गोल-गोल हाथों

को दोहरी ठोढ़ी पर रखे बोली।

"कल सुबह खा सकते हैं।"

"हाँ, और कोई रास्ता भी नहीं। ऐसा ही करते हैं।"

समाधान मिलते ही माँ एप्रेन उतार तह करने लगी।

"पापा कितने बजे आएँगे?"

"जल्दी आने को कहा था, इसलिए सात बजे तक तो आ ही जाएँगे।"

पापा ने सुबह वायदा कर रखा था इसलिए सात बजने के पाँच-सात मिनट बाद ही घर लौट आए।

"एं, रेस्टोरेण्ट? खाना तैयार होने के बावजूद?"

पिताजी ने माँ की बातें सुनते ही भौंहें चढ़ाईं और गुस्से में आँखें ऊपर-नीचे कीं।

"इस तरह लाड़-प्यार जताना ठीक है क्या?" पिताजी गुस्से में थे।

"परन्तु तुमने उँगली पकड़कर वायदा किया था! हिरो के हिसाब से उसमें रेस्टोरेण्ट जाना भी शामिल था।"

"बिना सोचे-समझे वायदा करना शायद ठीक न था।"

"जरूर कुछ है बच्ची के दिमाग में।"

"अच्छा!"

पिताजी के कुल्ला करते वक्त, हाथ धोते वक्त भी

दीदी अधीर हो उनके आगे-पीछे घूमती रही।

पापा ने जैकेट उतारा और स्वेटर पहनकर कहा, "तो चलें?"

दीदी ने बड़े मुँह वाला पर्स अपनी गर्दन में लटकाया और सबसे आगे भागती हुई द्वार तक चली गई।

हम लोग एकदम नई कोपलों से भरी चेरी के पेड़ों की कतार के साथ-साथ शाम की सुहावनी बसंती हवा का लुत्फ लेते हुए दीदी के पीछे-पीछे चल रहे थे।

[4]

हम आदी थे उस रेस्टोरेण्ट के, हालाँकि महीने में एक बार ही जाना हो पाता था; या फिर कभी वह भी नहीं; परन्तु आज रेस्तराँ लगभग खाली ही था इसलिए दीदी को खिड़की के पास वाली उसकी जगह मिल गई। वहाँ से, खिड़की के बाहर दूर चल रही गाड़ियाँ ठीक से दिखाई देती थीं। आज अगर दीदी की मन:स्थिति हमेशा की तरह होती तो वह उस जगह पर बैठ, खिड़की पर अपना गाल टिकाए गाड़ियों के आवागमन को पकवान आने तक एकटक निहारती रहती; परन्तु आज वह एकदम भिन्न थी।

खिड़की के बाहर देखना तो दूर, आज वह अपनी

जगह पर ठीक से बैठ सामने देख रही थी; परन्तु, एक ग़ौर करने वाली बात यह थी कि वह कभी हाथों को घुटनों पर रखती, तो कभी मेज पर। इस तरह आज उसकी बेचैनी साफ झलक रही थी।

बैरा व्यंजन-सूची लेकर आया तो झट से दीदी उसे खोलकर एक-एक से पूछने लगी कि वे क्या खाना पसंद करेंगे। और दिन की बात होती तो अपने लिए हम्बर्ग-स्टीक बता फिर से खिड़की के बाहर देखने में मशगूल हो जाती।

जल्दी ही व्यंजन मेज पर सजा दिए गए और बैरे ने बिल चुपके से मेज के एक किनारे रख दिया। दीदी ने बिल अपने हाथ में लिया और उसे देखते हुए बार-बार अपना सिर ऐसे हिलाने लगी, जैसे उसे सब कुछ समझ में आ रहा हो!

"क्या हुआ हिरो?" माँ ने पूछा।

मैंने जल्दी से 'चलो, खाना शुरू करते हैं' कहते हुए बड़े से हम्बर्ग-स्टीक पर चाकू लगाया और पहले टुकड़े को मुँह के अन्दर डाला। तभी दीदी ने बिल के कागज को हाथ में उठाए कुछ कहा, "आ न * @ ^ : # !"

किसी की समझ में कुछ नहीं आया।

"हिरो, बिल को इधर रख दो। जल्दी नहीं खाओगी तो खाना ठण्डा हो जाएगा।"

पिताजी ने बीफ-स्टीक काटने वाले चाकू को एक ओर रखा और अपना हाथ आगे बढ़ाया ही था कि दीदी अचानक उठ खड़ी हुई, फिर उसने गले में लटके पर्स में से एक लिफाफा निकालकर माँ को पकड़ाया।

"यह क्या है?" जैसे कुछ क्षण के लिए समय रुक गया हो, माँ की आँखें उस लिफाफे पर गड़ी की गड़ी रह गईं।

"पापा..." आखिरकार माँ के मुँह से आवाज़ निकली।

पिताजी ने माँ से लिफाफा ले लिया। मैंने भी तिरछी निगाहों से लिफ़ाफ़े को देखा। उसके ऊपर नीले अक्षरों में कुछ लिखा था।

"क्या है यह ?"

मैंने पिताजी के चेहरे की ओर देखा। उनकी आँखें गीली थीं। नीचे की ओर देख रही माँ का कंधा धीरे-धीरे काँप रहा था।

"क्या हुआ माँ?"

"ये ना..."

पिताजी खाँसते हुए बोले, "ये हिरो के काम करने की एवज् में मिली पहली तनख्वाह है।"

"हिरो...अपने पैसों...से...हमें दावत देना...चाहती थी।" माँ ने रुक-रुककर कहा।

"हिरो, धन्यवाद!"

पिताजी ने लिफ़ाफ़े को उठाया और श्रद्धा से अपनी छाती से लगा दीदी की तरफ मुस्कराते हुए देखा। उनके मुस्कुराते चेहरे पर गम्भीरता झलक रही थी। और पिताजी पुनः खाँसने लगे।

"अच्छा! तो यह दावत दीदी दे रही है! यह तो बहुत अच्छी बात है।"

यह सुनते ही दीदी के चेहरे पर मुस्कुराहट की लहर दौड़ पड़ी, जैसे गौरवान्वित महसूस कर रही हो!

कल्याण-केन्द्र मैं केवल एक बार ही गया हूँ। बात तब की है जब दीदी अकेले आ-जा नहीं सकती थी, और माँ किसी अन्य जरूरी काम के कारण जाने में असमर्थ थी। मैं दीदी को लेने गया था। टूटी-फूटी पुरानी लकड़ी की इमारत। अन्दर घुसते ही तीन बड़ी मेज़ें एकसाथ लगी थीं और करीब बीस लोग पाइप-कुर्सी पर एक दूसरे के सामने बैठ कागज के डिब्बों को मोड़ने का काम कर रहे थे। ये डिब्बे बहुत ही प्रचलित यूरोपीय शराब कंपनी की विस्की को रखने के लिए बनाए जा रहे थे।

इनमें से कुछ लोग बुजुर्ग थे। कुछ लोग दीदी की उम्र के भी थे। सभी अपंग थे। दीदी बड़े ध्यान से डिब्बों को मोड़ रही थी। 'मैं लेने आया हूँ' यह पता चलने पर दीदी ने शरमाते हुए थोड़ा जीभ बाहर

निकाला। मुझे आया देख उसके चेहरे पर खुशी झलक रही थी।

वह इमारत तो बहुत पुरानी-सी थी पर वहाँ का माहौल दिलकश और सुखद था। मैं समझ गया कि क्यों दीदी रोज़ सुबह उत्सुकता से वहाँ जाती है!

वहाँ नौ बजे से साढ़े चार बजे तक काम करना होता था। इस काम की तनख्वाह थी यह। और दीदी हमें उससे खाना खिला रही थी। मुझे लिफाफे के 'अन्दर' जानने की उत्सुकता हुई। मैं जानना चाहता था कि आखिर कितने पैसे अन्दर हैं!

पिताजी ने निगाहें झुकाए हुई माँ से आगे बात बढ़ाते हुए कहा, "चलो, बेटी की दावत को स्वीकारते हुए हमें खाना शुरू करना चाहिए।"

माँ ने रुमाल से आँखें पोंछी।

"मम्मा, तीक नहीं।"

दीदी ने चिन्ता से माँ को देखा। जाहिर है, उसकी समझ से परे था कि वह रो क्यों रही है?

"हाँ, अब नहीं रोऊँगी। हिरो, धन्यवाद!"

माँ ने हाथ जोड़कर 'शुरू करें' कहा, और छुरी-काँटे को हाथ में लिया।

"वाह! स्वादिष्ट!"

"हाँ, ऐसा स्वादिष्ट खाना तो आज पहली बार खाया।"

दीदी तो इतने में ही अपने को खुशकिस्मत समझ रही थी, फिर भी उसने मुझसे पूछा, "चोचा सातित?"

"हाँ दीदी, स्वादिष्ट है, धन्यवाद!"

परिवार के सभी सदस्यों द्वारा धन्यवाद कहे जाने पर दीदी छोटे बच्चों की तरह अपने हाथों से 'पच-पच' ताली बजाने लगी।

मैंने चुपके से पिताजी से पूछा, "पिताजी, दीदी को कितने पैसे मिले हैं?"

पिताजी ने लिफ़ाफे के अन्दर से नोट गिनते हुए चुपके से मुझे दिखाए – हजार येन के तीन नोट!

"क्या केवल इतने ही?"

मैंने यह बात धीमे स्वर में कही, ताकि दीदी सुन न ले, क्योंकि दीदी का मुस्कुराता चेहरा हमें ही देख रहा था।

इस तरह एक-एक दिन काम करके पूरे महीने का वेतन केवल इतना-सा है!

भोजन खत्म हुआ। दीदी को बिल और लिफाफा पकड़ाते हुए पिताजी बोले, "हिरो, यह तुम्हारा पहला वेतन है, इसलिए तुम ही भुगतान करोगी।"

इस तरह खाने का पैसा भुगतान करने का श्रेय दीदी को दिया गया। दीदी हम सभी को साथ लेकर खुशी से गद्गद भुगतान-कक्ष की ओर बढ़ी। मैंने जल्दी से पापा के स्वेटर की बाँह खींची और कान में

फुसफुसाया, ''पिताजी, ये तो जरूर कम पड़ जाएँगे।''

पर पिताजी ने हलके से आँखों से इशारा किया।

मैं मतलब समझ गया।

''हर बार यहाँ आने के लिए धन्यवाद। पाँच हजार दो सौ येन का बिल है।''

दीदी ने लिफाफे के अन्दर झाँका और सभी नोटों को चुस्ती से बाहर निकालकर बोली, ''रीतिए!'' (लीजिए)

उसके हाथों में दस-दस हज़ार के तीन नोट थमे हुए थे।

घर वापस लौट, मैं तुरन्त दूसरी मंजिल के अपने कमरे में भागते हुए गया।

मेज के ऊपर पड़े कागज पर शीर्षक लिखा था 'मेरी दीदी'।

मैंने कसकर पैंसिल पकड़ी और लिखने लगा:

'मेरी दीदी, अपंग है...'

दाँतों के निशान

मूल शीर्षक : हा गाता,

स्रोत : ओका शूजोः बोकु नो ओनेसान, केइसेइशा, 1999

[1]

अब भी जबकि मैं एक माध्यमिक विद्यालय का छात्र हूँ, पैर से अपंग किसी व्यक्ति को देखता हूँ तो मुझे कहीं दूर भाग जाने की इच्छा होती है। इसे मैं अपनी एक कमजोरी कहूँ तो ठीक होगा, ऐसा मैं उस घटना के बाद से सोचने लगा हूँ।

गर्मी की बात है। मैं पाँचवीं कक्षा का छात्र था।

उस दिन मैं अपने सहपाठी शिगेरू और इचिरो के साथ स्कूल से घर लौट रहा था। बहुत गर्मी थी। स्कूल के फाटक के ठीक बाहर इचिरो अचानक रुका।

भारी पुट्ठों से भरी हुई पतलून की जेब से हलके से निकाले सौ येन के दो सिक्के उसकी हथेली पर चमक रहे थे।

"लेकिन स्कूल में तो पैसे लाना मना है!"

मैंने थोड़ा मजाकिया ढंग से कहा तो इचिरो मुँह फुलाते हुए बोला, "तुम गलत समझ रहे हो। कल खरीदारी करने गया तो यह छुट्टे बच गए थे, जिन्हें मैं घर पर देना भूल गया।"

तभी बेसबॉल की टोपी थोड़ा तिरछा पहने शिगेरू सरलता से बोला, "एकदम ठीक है। आज गर्मी की वजह से गला भी तो सूख रहा है। चलो, जूस खरीदकर पीते हैं।"

"यहाँ? इस जगह तो पकड़े जाएँगे!"

"डर की कोई बात नहीं। सब मेरे ऊपर छोड़ दो," यह कहते हुए शिगेरू ने इचिरो की हथेली से सौ येन के दो सिक्के छीने और अकेले ही भागने लगा।

हम दोनों ने इस गर्मी में उसका पीछा किया।

स्कूल की सड़क से हटकर थोड़ी दूरी पर एक सुनसान पार्क था। आधे रास्ते में हमने मशीन से दो कैन जूस खरीदा और पार्क के पेड़ों की छाँव में आराम से बैठ तीनों ने पिया।

अभी सूरज पूरे ज़ोरों पर था; परन्तु मन्द हवा के झोंकों के बीच यह जगह बिलकुल अलग-सी दुनिया

लग रही थी।

जूस पीने के बाद जब हम एकांत पार्क में एक ओर उछलते-कूदते हुए जा रहे थे कि अचानक सड़क के दूसरी ओर अजीब ढंग से चलते हुए किसी व्यक्ति की परछाईं दिखाई दी।

"अरे देखो, वह शराबी है क्या?"

"...शराबी नहीं है। वह तो बच्चा है।" शिगेरू ने कहा।

"बच्चा?"

ध्यान से देखने पर लगा, शायद वह पीठ पर बस्ता लिए हुए था।

वह शराबी-सा इसलिए दिख रहा था क्योंकि चलते वक्त उस बच्चे का शरीर ज़ोर से हिचकोले ले रहा था। जब-जब उसके पाँव आगे की ओर पड़ते, उसके शरीर का ऊपरी हिस्सा अस्थिरता से हिलता और एक हाथ पंख की तरह धीरे-से हवा काटता।

हम लोगों की चाल धीमी हो गई। ऐसे बच्चे को हमने पहली बार देखा था। शिगेरू आगे-आगे चल रहा था और उसके पीछे मैं। इचिरो चिन्तित मुद्रा में सबसे पीछे चल रहा था। शरीर बड़ा होने के बावजूद था वह एकदम डरपोक।

धधकते सूरज की गर्मी में वह बच्चा चुपचाप ऐसे चल रहा था मानो तैर रहा हो! कुहनी पर मुड़े हुए

दाएँ हाथ को एक तरफ लटका वह बाएँ हाथ को गरुड़ के पंख की तरह ज़ोर से हिला रहा था। बाएँ हाथ की गति से तालमेल रखते हुए दायाँ पैर आगे की ओर बढ़ जाता था।

जब हम उसके बीस-तीस मीटर नज़दीक आए तो अचानक शिगेरू हँसते हुए पीछे मुड़ा, "अरे सुनो, एक शर्त नहीं लगाओगे?

"शर्त?"

"हाँ, शर्त। वह यह है कि अगर मैं उसे लंगी मारता हूँ, तो देखना है कि वह गिरता है या नहीं।"

"..."

"और अगर वह गिर गया तो कल तुम लोग जूस के पैसे लाओगे। ठीक है?"

मैंने और इचिरो ने एक दूसरे का चेहरा देखा।

"ठीक।" मैं बोला।

इचिरो ने भी प्रलोभन में आकर हामी भर दी।

छोटे कद का फुर्तीला शिगेरू हमारा उत्तर सुनते ही तेज़ी से चलने लगा।

मैं और इचिरो साँस रोके उसको देखते रहे।

शिगेरू तेजी से उस बच्चे की ओर बढ़ता गया।

दोनों एक-दूसरे के सामने से गुजरे। उसी वक्त शिगेरू ने अपना दायाँ पाँव आगे बढ़ाया। उस बच्चे का शरीर थोड़ा आगे की ओर झुका परन्तु वह गिरा

नहीं। लेकिन जब लगा कि वह किसी तरह अपने शरीर को ठीक से खड़ा करने की कोशिश कर रहा है तो अनपेक्षित रूप से पीठ के बल धम्म के साथ नीचे गिरा। शिगेरू तो खरगोश की तरह चतुरता से पहले ही कुछ मीटर आगे भाग चुका था।

मैंने और इचिरो ने तुरन्त अपने-आपको सँभाला और धीरे-धीरे उठ रहे उस बच्चे की बगल से तेजी से भाग निकला।

उस वक्त मैंने उसे थोड़ा ध्यान से देखा, उसका कद शिगेरू के ही बराबर था और उसके माथे पर पसीना चमचमा रहा था।

पचास मीटर तक भागने के बाद जब हम पीछा करते शिगेरू के पास पहुँचे तो वह अकड़ते हुए बोला, "सफल हो गए! सफल हो गए!"

हमने एक-दूसरे का कंधा थपथपाया। पीछे मुड़कर देखा तो वह लड़का अभी अपने को खड़ा ही कर पाया था। उसने हमारी ओर देखा और फिर पहले की तरह अजीब चाल से धूप में धीरे-धीरे ऐसे चलने लगा, जैसे कुछ हुआ ही न हो!

[2]

दूसरे दिन मेरी बारी थी। हम लोग पार्क में जूस पीते हुए कभी-कभी सड़क पर निकल, उसकी राह देख

रहे थे।

हमें जूस पिए भी अब काफी देर हो चुकी थी।

हम अभी सोच ही रहे थे कि आँखें चमकाते हुए इचिरो ने, जो काफी देर से उसकी राह देख रहा था, सड़क से आवाज लगाई, "आ गया!"

इचिरो ने एक तरफ फेंके बस्ते को कंधे पर रखा और मुझे आगे कर सड़क पर निकल पड़ा।

जब हम लोग उसके नजदीक पहुँचे तो उस लड़के ने अपना सिर ऊपर उठाया। वह एक मिनट ठिठका और फिर तुरन्त चलने लगा।

मेरा हृदय इस तरह धड़कने लगा, जैसे वह सीने से निकल जाएगा। जब हमारा फासला लगभग बीस मीटर रह गया तो शिगेरू ने मुझे धक्का दिया और धीमे से बोला, "जाओ"।

मैं जल्दी-जल्दी कदम उठाने लगा; पर मुझे लग रहा था, जैसे मैं सिर से लेकर पैरों तक जम गया होऊँ। लाख कोशिश करने के बावजूद आगे बढ़ना मेरे लिए जैसे मुश्किल ही हो गया।

वह तेजी से नजदीक आता जा रहा था। उसकी आँखें जैसे मेरे पूरे शरीर को भेदने लगी थीं।

'जैसे ही उसके पास से गुजरोगे, वैसे ही अपनी टाँग तेजी से बढ़ाना।' शिगेरू के शब्दों को दिमाग के अन्दर बार-बार दोहराता हुआ मैं उसके नजदीक पहुँचा।

'हाँ, यही सही मौका है!' मन-ही-मन सोचते हुए मैंने उसके दाहिने पैर को एक तरफ धकेला; परन्तु दूसरे ही क्षण एक अनपेक्षित-सी बात हुई। उसका वह पैर मेरे पैर के ऊपर से आगे निकल गया, जिसकी वजह से मेरे घुटने पर बहुत जोर की चोट लगी। मैंने महसूस किया, दर्द के मारे मेरा चेहरा लाल हो गया है।

वह झट से पीछे मुड़ा और हलके से मुस्कुराया, फिर वही 'गरुड़-नृत्य' करता हुआ वह आगे बढ़ गया।

मुझे वह बहुत ही घृणास्पद लगा। घुटने के दर्द को छिपाते हुए मैं धूल झाड़ रहा था कि इचिरो और शिगेरू मुझे धकेलते हुए आगे निकल गए। अभी दस मीटर भी नहीं गए होंगे कि पीछे मुड़कर ज़ोर-ज़ोर से ठहाके मारने लगे।

कड़वी हँसी के साथ भागते हुए मैंने उनका पीछा किया। दोनों पेट पकड़ इस बुरी तरह हँस रहे थे, जैसे हँसी रोकना उनके बस की बात नहीं थी। घुटने में दर्द के बावजूद मैं भी उनकी हँसी में शामिल हो गया और फिर हम तीनों ही एक-दूसरे से टकराते हुए हँसते-हँसते लोट-पोट हो गए।

आखिरकार, यह बात तय हुई कि जूस के पैसे कल मुझे देने पड़ेंगे।

[3]

अगले दिन हम लोग चकमा खा गए। हम इन्तजार करते रहे, पर वह नहीं आया। आज इचिरो की बारी थी, इसलिए वह घबराया हुआ था; परन्तु अब उसके न आने से इचिरो राहत महसूस कर रहा था।

हमारी वजह से उस लड़के ने अपना रास्ता बदल लिया है, ऐसा हम सोच रहे थे।

उस दिन से हम लोग अपने-आपको शिकार का पीछा करने वाले शिकारी कुत्ते समझने लगे।

किस स्कूल का बच्चा है, और उसका घर कहाँ है, हमें कुछ भी पता न था। हालाँकि वह उस सड़क से जाता है तो कुछ अनुमान लगाया जा सकता है अतः हम उसकी खोज में रोज रास्ता बदलते रहे।

तीन दिन तक ढूँढ़ते रहे लेकिन हम उसको खोज नहीं पाए।

चौथे दिन स्कूल में सफाई की बारी थी, इसलिए देरी हो गई। स्कूल से निकलते वक्त मैं अचानक कुछ सोचते हुए बोला, 'कहीं उसने रास्ता बदलने की बजाय समय तो नहीं बदल लिया?'

"हाँ, यह बात हो सकती है। ठीक सोचा तुमने, चलो, चलकर देखते हैं।" इचिरो तीव्रता से बोला।

"चलो, अभी चलकर देखते हैं।" शिगेरू ने भी सहमति व्यक्त की।

मेरा अनुमान सही निकला। पार्क में उगी झाड़ियों में लगभग बीस मिनट इन्तजार करने के बाद सड़क की दूसरी ओर से वह आता दिखाई दिया।

"आ गया!"

साँस रोके हम उसके नजदीक आने का इन्तजार करने लगे।

बीस-तीस मीटर तक नजदीक आने की प्रतीक्षा करने के बाद हम सड़क पर छलाँग लगाते हुए पहुँच गए। वह रुका और हमारी ओर देखने लगा। लगा कि वह कुछ भाँप-सा गया था। हम लोग इचिरो को आगे कर धीरे-धीरे चलने लगे।

अब क्या होने वाला है, यह उसे भी पता था और हमें भी, किन्तु अचानक वह पीछे मुड़ा और फिर तेजी से उसी रास्ते लौटने लगा।

"अरे, भाग रहा है!" शिगेरू चिल्लाया।

हम लोग उसके पीछे भागे।

लाख कोशिश करने के बावजूद पैरों की रफ्तार में वह हमारा मुकाबला न कर सका।

पार्क के फाटक के पास तक हमने उसका पीछा किया।

वह मदद के लिए पार्क के अन्दर भागने की कोशिश करने लगा। पार्क के मैदान में कुछ बूढ़े लोग

गेट-बॉल[1] खेल रहे थे। उसने उन लोगों की ओर मुड़कर हाँफते-हाँफते अपना मुँह हिलाया। उसके मुँह से तो कोई आवाज नहीं निकली; परन्तु गले के कोने से बस एक हलकी आवाज 'ओ' जरूर निकली।

हम उसे घेरकर तंग करने लगे। शिगेरू ने उसकी टाँग को लात मारी, "बेवकूफ!"

इचिरो ने भी लात मारी, "बदमाश!"

शिगेरू ने उसके सिर पर हथेली से थप्पड़ मारे। मैंने भी जी भर मारा। वह लड़का तब भी नहीं रोया, विरोध भी नहीं किया; बल्कि अपने होंठ काटता रहा।

हम लोगों की हिम्मत और बढ़ गई। अब हम हिंसक हो गए। शिगेरू ने जोर से उसके कंधे पर वार किया। वह अजीब ढंग से नीचे गिर पड़ा।

हमने उसके सिर पर मारने और उसे धकेलने का कार्य जारी रखा।

शिगेरू जब उसकी उल्टी हथेली को दाएँ पैर से रौंदने लगा तो वह अचानक पागलों की तरह सामने खड़े शिगेरू के पैर पर झपटा और उसकी खुली पिण्डली को दाँतों से जकड़ लिया।

शिगेरू को एक क्षण के लिए तो कुछ भी समझ में नहीं आया कि क्या हुआ। वह अवाक्-सा लड़के

---

1. गेट-बॉल : जापान में विकसित गेंद और स्टिक से खेला जानेवाला एक खेल। खासकर इस खेल को बूढ़े लोग खेलते हैं।

की ओर देखने लगा।

उसका रंग स्याह पड़ गया और वह 'दर्द हो रहा है! छोड़ो, मुझे छोड़ो,' चिल्लाता हुआ लड़के के सिर पर लगातार वार करने लगा।

लेकिन उस लड़के की पकड़ ढीली नहीं पड़ी। शिगेरू ऐसे बिलख-बिलखकर रोने लगा जैसे किसी सगे की मृत्यु हो गई हो!

"बहुत दर्द हो रहा है, दर्द हो रहा है!"

मैंने और इचिरो ने शीघ्रता से उसके शरीर को पीछे से खींचने की कोशिश की परन्तु कोई फायदा न हुआ।

शिगेरू के रोने की तेज आवाज सुनकर कुछ बूढ़े वहाँ आ पहुँचे।

"दर्द हो रहा है, दर्द हो रहा है!" शिगेरू चीखता-चिल्लाता रहा।

उसके पैर पर पसीने और गर्द से लथपथ लड़का चिपका हुआ था। बूढ़े लोगों ने जब देखा कि लड़का शिगेरू के पैरों को काट रहा है तो हैरान हो चिल्लाए, "अरे, यह क्या कर रहे हो? छोड़ो उसे।"

"अरे, देखो, छोड़ने के लिए कह रहे हैं, छोड़ ही नहीं रहा, छोड़ो भाई, छोड़ दो!"

फिर मेरे और इचिरो की तरह वे भी उसे खींचने लगे, किन्तु वह केंचुए की तरह उससे चिपका रहा,

और शिगेरू चीखता-चिल्लाता रहा।

"बड़ा जिद्दी लड़का है!"

"जल्दी नहीं छुड़ाया तो माँस के चिथड़े-चिथड़े कर डालेगा।"

उसी समय एक बुजुर्ग कहीं से एक डंडा लाया और उसे लड़के के दाँतों के बीचोबीच जबरदस्ती घुसाया। तब जाकर शिगेरू का दाहिना पैर छुड़ाया जा सका। वह लड़का जमीन को हाथों से पीटता हुआ पागलों की तरह रोने लगा।

शिगेरू तो शिगेरू ठहरा! वह अपने कटे पैर को पकड़े हुए 'हूँ... हूँ' रोता जा रहा था!

उसकी पिण्डली सूजकर बैंगनी रंग की हो गई और उस पर दाँत के निशान साफ दिख रहे थे।

"यह तो भयंकर घाव है! तुम्हें जल्दी से अस्पताल जाना चाहिए।"

"आखिर, क्या हो गया था तुम लोगों को।"

हम लोग घबराहट में बोले, "यह लड़का अचानक ही काटने लगा।"

तुरन्त ही लड़के ने अपना चेहरा ऊपर उठाया। हमारी ओर उँगली कर चिल्लाया।

वह क्या कह रहा था, किसी को कुछ समझ में नहीं आया। आखिरकार एक बुजुर्ग को पता चला कि वह बच्चा अपंग है।

"तुम लोगों ने क्या किया था?"

बूढ़े के शब्द कड़क हो गए और स्थिति पलट गई। इचिरो अचानक रोने लगा और फिर वहाँ से भाग खड़ा हुआ।

मैं घबराहट में रुआँसे होकर 'मुझे नहीं मालूम, कुछ भी नहीं मालूम' चिल्लाया और इचिरो के पीछे भागा।

[4]

घर लौटने पर मैं उस घटना के बारे में चुप रहा; लेकिन माँ के सामने जल्दी ही राज खुल गया। शाम को शिगेरू की माँ जो आ गई थीं।

गेट के सामने हो रही बातों को मैं बैठक से कान लगाकर सुन रहा था। आंटी ने गेट में प्रवेश करते ही पूछा, "तुम्हारा बच्चा ठीक-ठाक तो है न?"

"ठीक-ठाक! क्या मतलब?"

"अरे, तुमने सुना नहीं है? आज स्कूल से लौटते वक्त हमारे बेटे शिगेरू को किसी ने दाँत काट लिया!"

"दाँत काट लिया! क्या कुत्ते ने?"

"अरे भई, नहीं! काटने वाला कुत्ता नहीं है! अपंग स्कूल के बच्चे ने काटा।"

"हैं! क्या यह सच है? लेकिन मेरे बेटे ने तो मुझे

कुछ भी नहीं बताया। देखने से भी ऐसा नहीं लगता कि उसे कोई चोट-वोट लगी है।''

''अच्छा! चलो, अच्छा हुआ, लोगों ने बचा दिया, वरना मेरे शिगेरू की तो पिण्डली का मांस ही चिथड़े-चिथड़े हो गया होता।''

''क्या इतना जबरदस्त काटा है?''

''हाँ, इतनी जोर से कि सोचने से भी बदन सिहर उठता है! पैर तो इतना सूज गया है कि चल भी नहीं पा रहा है। ऊपर से बुखार भी आ गया है। नींद में भयंकर सपने आते हैं। अगर मांस सचमुच चिथड़े-चिथड़े हो जाता तो शायद चलने लायक भी न रह पाता। शत-प्रतिशत पागलपने की हरकत है।''

आंटी अत्यधिक उत्तेजित हो चली थीं।

''यह बात मेरी तो समझ से बाहर है कि उसके कंधे को हाथ लगाते ही वह झट से काटने लगा।''

''केवल कंधे को हाथ लगाते ही?''

''हाँ। बस, इतने पर ही!''

''अन्दर आ जाइए, यहाँ बात करते हैं।''

फिर दोनों कमरे में आ गईं।

बैठक में आई आंटी ने मुझे देखा तो रुखाई से बोली, ''अरे, तुम्हें कुछ नहीं हुआ?''

मुझे ऐसा लगा, जैसे वह शिकायत कर रही हो कि तुम मेरे शिगेरू को अकेला छोड़कर भाग निकले।

"इसने जब कुछ बताया ही नहीं, तो फिर पता कैसे चलता!"

"फिर तो कुछ छिपाने लायक बात अवश्य ही होगी।"

आंटी के ये शब्द मेरे कानों को अच्छे नहीं लगे।

"शिगेरू के कहने के अनुसार, उसे चोट दाँत काटने से लगी है। क्या यह सही है? बताओ भी तो, आखिर हुआ क्या था?"

"कुछ भी नहीं। बस, उसने शिगेरू के पैर पर दाँत गड़ा दिए।"

"अरे, बस, दाँत गड़ा दिए कहते हो, बड़े कठोर हृदय लगते हो!"

आँटी तो किसी भी तरह लड़ने को तैयार थीं।

"..."

"तुम लोगों ने उस बच्चे को अवश्य ही चिढ़ाया होगा, तभी उसने ऐसा किया है न?" माँ ने मुझसे पूछा।

"नहीं, यह गलत है। शिगेरू के अनुसार, कंधे पर हाथ रखने से जब उस ढीठ बच्चे को धक्का लगा, तो पैर खराब होने की वजह से वह लुढ़क गया और गुस्से में उसने दाँत गड़ा दिए। यही बात थी न?" आंटी ने पूछा।

शिगेरू की बातों में हमारी करतूतों का जिक्र नहीं

था, इस वक्त मुझे भी यही ठीक लगा और मैंने जवाब दिया, "हाँ।"

"पहले तो शिगेरू ने ही गलती की जो उसे धक्का मारा। लेकिन फिर भी दाँत गड़ाना उचित नहीं है और वह भी मांस के चिथड़े-चिथड़े हो जाने तक। जो बूढ़े शिगेरू को अस्पताल ले गए थे, वे कह रहे थे कि बिलकुल शिकारी कुत्ते की तरह लग रहा था वह! अपंग होते हुए भी बला की ताकत थी उसमें! वह पागल है, इसे झुठलाया नहीं जा सकता। शिगेरू को तो दहशत के मारे बुखार चढ़ गया है। मुझे तो इतना गुस्सा आ रहा है कि मन करता है, अगर कहीं दूर दिख जाए तो ऐसे गड़ाऊँगी दाँत कि ऐसे...।"

गुस्से के मारे आंटी उत्तेजित हो गई थीं।

"वो तो अच्छा हुआ, बूढ़े लोग दौड़े आए। और उन्होंने मिलकर शिगेरू को बचा लिया। उस लड़के से जब माफी माँगने के लिए कहा गया, तो वह काटने दौड़ा था। यह तो बड़ी चिन्ता की बात है। इस तरह का लड़का बेवजह घर के आस-पास घूमता फिरे तो बेफिक्री से अपने बच्चों को बाहर खेलने छोड़ना भी खतरे से खाली नहीं है, न?"

"हाँ, बिलकुल सही कह रही हो। यह तो बड़ी ही चिन्ता की बात है।"

मुझे यह समझते देर नहीं लगी कि शिगेरू ने

सफाई से अपना दोष उस अपंग के सिर मढ़ दिया था।

खरीदने-खाने की बातें, उसको लंगड़ी देना, गिरा देने की शर्त, पार्क के अन्दर तक उसका पीछा करना और तीनों का उस पर आघात करना – ये सब बातें शिगेरू ने बड़ी सफाई से छिपा ही दी थीं।

उसके बाद तो मैं भी यही चाहता था कि सारी बातें नहीं खुलें तो अच्छा है, लेकिन इसके लिए शिगेरू की बातों से ताल-मेल रखना ही मैंने उचित समझा।

थोड़ी देर तक आंटी रह-रहकर अपने गुस्से का इजहार करती रहीं। वापस जाते वक्त वह मुझसे बोलीं, "क्लास-टीचर से कह देना कि शिगेरू को दो-तीन दिनों की छुट्टियाँ चाहिए।" फिर अचानक रुककर बोलीं, "अच्छा हुआ, तुम्हें कोई चोट नहीं लगी!"

[5]

दो दिन के बाद दोपहर की छुट्टी में क्लास-टीचर जी ने मुझे और इचिरो को बुलाया और हेडमास्टर के पास ले गए। मुझे समझते देर न लगी कि ज़रूर उसी घटना के सम्बन्ध में हमें ले जाया जा रहा है। आखिर किसने भेद खोला होगा? चिन्तित इचिरो और मैंने एक-दूसरे के चेहरे पर नज़र डाली।

"क्या करें?" इचिरो के चेहरे के भाव शायद यही कह रहे थे।

'अच्छा होगा कि वही कहें जैसा शिगेरू ने कहा है।' अपने आपको ढाढ़स बँधाते हुए मैं बुदबुदाया।

हेडमास्टर के कमरे में घुसते ही उसे वहाँ बैठा देख मैं स्तब्ध रह गया। मुझे अपनी आँखों पर विश्वास नहीं हुआ। मैं अन्दर तक भयभीत हो गया। हेडमास्टर के कहने पर सोफे पर बैठ तो गया; परन्तु लग रहा था, जैसे गद्दी के अन्दर धँसता चला जा रहा हूँ और मन अलग से बेचैन था।

हमारे सामने वह लड़का और आत्सुमी कियोशि[1] की शक्ल के एक अंकल बैठे हुए थे।

हेडमास्टर अंकल की ओर मुड़े और बोले, "सर, यही दोनों बच्चे हैं जो शिगेरू के साथ थे।...देखो बच्चो, ये हैं साकुरा, अपंग एवं मंदबुद्धि बालकों के स्कूल के गुरुजी और यह इनका शिष्य। तुम लोग तो पहचान ही गए होगे इस बच्चे को, और अब तुम लोगों को यहाँ बुलाने का कारण भी समझ में आ गया होगा।" हेडमास्टर जी ने गहरी साँस लेते हुए बात आगे बढ़ाई, "बात यह है कि कल शिगेरू के पिताजी ने साकुरा के स्कूल जाकर शिकायत की है परन्तु इस लड़के की बातें और शिगेरू के पिताजी की बातें

---

1. आत्सुमी कियाशि : जापान के प्रसिद्ध फिल्म अभिनेता। इनका चेहरा चौकोर है।

काफी भिन्न हैं। इसीलिए तुम लोगों को यहाँ बुलाया गया है। तुम लोग बेझिझक सब कुछ सच-सच बताओ।'' हेडमास्टर जी शांत भाव से बोले; परन्तु ज़्यादा पावर वाले चश्मे के अन्दर उनकी आँखें आज कुछ ज़्यादा ही सख्त थीं।

''नमस्कार!'' अचानक अंकल जी ने बात शुरू की।

उनकी पतली आँखें हमें ही घूर रही थीं। मैंने अनायास ही अपनी आँखें नीचे कर लीं।

''इस बच्चे ने परसों शिगेरू को काटा था न, इसलिए शिगेरू के पिताजी ने स्कूल में आकर इसे खूब डाँटा। परन्तु यह कहता है कि शिगेरू के पिताजी गलत हैं। यह बच्चा मुँह से बोल नहीं पाता, इसलिए इस तख्ती पर लिखकर ही यह अपनी बात बता पाता है,'' कहते हुए मास्टरजी ने कागज में लिपटी परतदार लकड़ी की तख्ती को मेज पर रख दिया। उस पर हीरागाना की वर्णमाला और काँजी लिपि में चारखानेदार लाइनों में कुछ लिखा हुआ था।

''कल शिगेरू के पिताजी के जाने के बाद मैंने दो घंटे तक इससे बातें की। इसका कहना है कि शिगेरू से यह खुद नहीं चिपका बल्कि इसे चिढ़ाने और झगड़े की पहल तुम लोगों ने की थी। वह केवल परसों ही नहीं बल्कि काफी दिन पहले से ही तुम

लोग इस बच्चे को लंगड़ी देकर गिराने के साथ-साथ चिढ़ाते आ रहे थे। बताओ, क्या ये सब बातें गलत हैं? कल जब तुम लोगों ने इसका पीछा किया, धक्का देकर मारने लगे तो इसने अपने बचाव के लिए अन्ततः मुकाबला किया। तुम्हारी तरह यह बच्चा स्वेच्छानुसार हाथ-पाँव तो हिला-डुला नहीं सकता। इसलिए मुँह से काटने के अलावा इसके पास और कोई रास्ता न था। चाहे कारण कुछ भी रहा हो परन्तु काटकर किसी को चोट पहुँचाना गलत बात है और इसके लिए इसे माफी भी माँगनी चाहिए; परन्तु यह बात भी सही नहीं है कि इसने बेकसूर शिगेरू को काटा। बोलो, शिगेरू की कही बातें गलत हैं न? ईमानदारी से सारी बातें सच-सच बताओ।''

मैं और इचिरो चुपचाप नीचे की ओर देखते रहे। नज़रें उठाकर जब कभी हमने उस लड़के को देखा, तो उसकी निगाहें इस तरह हम पर गड़ी थीं, जैसे मानो हमारी आँखों को भेद देंगी। गर्दन थोड़ी बाईं ओर झुकी, मुँह टेढ़ा...वह बिलकुल पहले की तरह ही हँसा।

नहीं, वह हँसा नहीं था, बल्कि उसके चेहरे का मांस उसके होंठ के सिरे को इस तरह ऊपर उठाए हुए था कि लगता था, जैसे वह हँस रहा हो!

''बोलो, क्या बात थी?''

हेडमास्टर जी ने जवाब देने पर जोर दिया। इचिरो ने मुझे कोहनी मारी। मैंने हिम्मत से कहा, "शिगेरू ने जो कहा, वही ठीक है।" मेरी आवाज़ इतनी फटी और काँप रही थी कि मुझे खुद अजीब-सा लगा।

तुरन्त उसने मेज पर हाथ पटक-पटककर तख्ती को उँगलियों से दबाया।

'झू-ठ'

मुझमें उसके चेहरे की ओर देखने की हिम्मत न थी। सिर नीचे किए ही मैं घुटने पर उँगली द्वारा हलके-से 'झूठ' लिख रहा था।

"यह तो कह रहा है कि तुम लोग झूठ बोल रहे हो। बोलो, तुम्हारी क्या राय है?" आत्सुमी कियोशि की शक्ल के मास्टर जी ने जितना हो सका धीमे से कहा,

"तुम लोग नहीं बता सकते कि क्या सच है?"

"...जो शिगेरू ने कहा वही सच है..."

उस पर, उस लड़के ने गुस्से में ज़ोर से मेज को थपथपाया।

उतावला हो वह जल्दी से तख्ती को अपनी ओर खींचा और 'पै' अक्षर पर अपनी उँगली रखी और फिर 'र' पर।

हेडमास्टर ने आगे झुकते हुए 'पै' 'र', स्वर निकालते हुए पढ़ा।

फिर उसने अपनी उँगलियों से 'फँ' बनाया।

मैं उसकी ऐंठनदार उँगलियों के हिलाव को गौर से देख रहा था।

फिर उसने 'सा' और 'या' बनाया।

"समझ गए ना? कह रहा है कि तुम लोगों ने इसको पैर फँसाया।"

"...हमने कोई पैर-वैर नहीं फँसाया, केवल कंधे को छुआ भर था। है न ?" मैंने इचिरो की ओर देखते हुए कहा।

इचिरो ने बिना कुछ कहे, गर्दन नीचे झुका थूक घोंटते हुए हाँ-में-हाँ मिलाई।

"कंधे को छूने के बाद उसने क्या किया?"

"कंधे को थोड़ा गड़ाया था शिगेरू ने"

"उसके बाद?"

"..."

"उसके बाद यह बच्चा पीछे पलटा"

"..."

"फिर?"

"अचानक इसने उसके पैर पर दाँत गाड़ दिए।"

"तुमने तब भी कुछ नहीं किया?"

मैं चुपचाप गर्दन नीचे किए रहा।

"क्या यह सच है?"

"...हाँ।"

इस पर फिर से वह तख्ती को उँगली से दबा-दबाकर दिखाने लगा – 'झू'-'ठ'।

उसके हाथ थर-थर काँप रहे थे।

"तुम क्या कहते हो?" मास्टरजी ने इस बार इचिरो को निशाना बनाकर पूछा।

इचिरो घबराकर हकलाते हुए बोला, "कंधे टकरा गये थे...इसलिए...शिगेरू ने इसे ढीठ कहते हुए धक्का दिया...गिर गया...और बस, शीघ्र ही यह दाँत...छोड़ा नहीं और बुजुर्ग लोग आकर..."

"इसका मतलब हुआ कि तुम लोगों ने कुछ भी नहीं किया और इसने दाँत गड़ा दिए?"

"शिगेरू ने कंधा गड़ाया..."

"तुमने कुछ नहीं किया?"

"नहीं..."

"इससे पहले भी तुम लोगों ने इस बच्चे को नहीं चिढ़ाया था?"

"...नहीं...चिढ़ाया था।"

"सचमुच?"

"...हाँ।"

इचिरो के स्वर जब लुप्त होने को आए तो मास्टर जी ने अपने चौकोर चेहरे को और भी चौकोर किया और बाँहें बाँधे एकदम चुपचाप बैठे रहे।

हेडमास्टर जी ने शब्दों पर ज़ोर देते हुए कहा,

"बिलकुल सच कह रहे हो न? हैं? एकदम सही बात बताओ, वरना तुम लोग के चलते इस स्कूल के सम्मान को चोट पहुँचेगी। समझ गए न? इसलिए सही बात बताओ।"

मेरी सूरत रोने जैसी हो गई। क्या किया जाए, कुछ समझ में नहीं आ रहा था। फिर भी अपने को बचाने की भरपूर कोशिश में यही कहता रहा, "कंधे को छूने के बाद शिगेरू ने कंधे को गड़ाया...और फिर अपने दाँत गड़ा दिए।"

उस अपंग लड़के ने तख्ती को अपनी ओर खींचा और खीजते हुए 'तु'...'म' पर उँगली दबाता रहा।

तभी उसने तख्ती हमारी ओर फेंकी और मैं हतप्रभ हो उछल गया। वह अचानक रोने लगा। फिर उसने रोते हुए छाती और सिर को अपने बायें हाथ से ज़ोर-ज़ोर से बिना किसी की परवाह किए पीटने लगा। मास्टर जी ने चुपचाप उसके कंधे पर अपना हाथ रख दिया और पतली नुकीली निगाहों से हमें घूरते हुए बोले, "क्या सच है, यह तो पता नहीं चल पाया; किन्तु मैं इस बच्चे की बातों पर यकीन करूँगा। हो सकता है, तुम लोगों को यह खराब लगे, फिर भी मैं इसी पर विश्वास करूँगा।"

हेडमास्टर जी के कमरे में उसकी करुण आवाज़ गूँजती रही।

"तुम लोग अपनी कक्षा में जाओ।" हेडमास्टर जी ने कहा।

जैसे ही हम लोग उठे, उसने आँसुओं से भरी निगाहों से हमें देखा। हमारी आँखें मिलीं। मेरा पूरा शरीर ऐसे काँपा जैसे बिजली दौड़ गई हो !

स्कूल से घर लौटते वक्त न मालूम कितनी बार मेरे पाँव रुके होंगे।

पूरे शरीर को बेंधने वाली उसकी निगाहें कई बार मेरी आँखों के सामने आईं और चली गईं।

अपनी छाती, सिर को मुट्ठी से पीटते हुए उसके रोने का दृश्य मेरे दिल को हिलाता रहा, झकझोरता रहा।

नजरें उठाईं तो देखा शहर के एक कोने से सफेद तूफानी बादल पहाड़ की तरह उभर रहे थे।

'भयंकर तूफानी बारिश आने की संभावना है।' मैंने खाली मन से सोचा। मैं और इचिरो चुपचाप चलते रहे।

इचिरो कैसा महसूस कर रहा था, कुछ पता न चला। कभी-कभी जब मैं पीछे छूट जाता तो वह परेशान निगाहों से पीछे मुड़कर देखता।

इस वक्त मैं अकेला रहना चाहता था।

तेज़ी से स्कूल वापस लौटकर हेडमास्टर जी के सामने चिल्ला-चिल्लाकर यही कहने को मन हो रहा

था, 'सब झूठ है। हम लोगों ने ही उस बच्चे को तंग किया था!'

मैंने क्यों ऐसा नहीं किया? क्यों ऐसा नहीं कर पाया? अभी भी उस स्थिति की याद मुझे पीड़ा से भर देती है।

मैं सोचता हूँ कि उस समय... अगर शिगेरू के बदले उसने मुझे काट लिया होता तो...? मेरे हृदय में उस बच्चे के दाँतों के निशान साफ़-साफ़ दिखने लगे और अपनी छाप वहीं छोड़ गए।

माला

मूल शीर्षक : कुबी काजारी,

स्रोत : ओका शूजोः बोकु नो ओनेसान, केइसेइशा, 1999

[1]

स्कूल के समापन-समारोह के दिन जैसा विचित्र अनुभूति वाला दिन शायद ही कोई हो।

'अगले दिन से छुट्टी शुरू!' हर बार इसी तरह सोचते हुए मन प्रफुल्लित हो उठता है, परन्तु स्कूल से लाए गए रिपोर्ट-कार्ड का खयाल मन को कुछ किरकिरा कर देता है। स्कूल के फाटक से उछलते-कूदते बाहर निकलने की तो बात ही कुछ और है। परन्तु मैं तो उनमें से हूँ जिन्हें रास्ते में कंकड़-पत्थर को ठोकर मारते हुए जाना ही अच्छा लगता है। इसलिए उस

वक्त उदास मन ज़रा ज्यादा ही अखरता है।

हमेशा की तरह छठी कक्षा के दूसरे सत्र में भी घर पहुँचते ही रिपोर्ट-कार्ड के कारण माँ मेरे ऊपर बरस पड़ी। बात यहीं खत्म हो जाती तो ठीक होता लेकिन यह तो अभी पहला दौर था। पिताजी के घर लौटने पर दूसरा दौर शुरू होने वाला था। बात केवल पिताजी तक सीमित रही तो मामला रफा-दफा हो सकता है; परन्तु यदि माँ ने दोबारा चिल्लाना शुरू कर दिया तो फिर बात का बतंगड़ बनना निश्चित है।

पहले दौर की डाँट-फटकार आखिरकार खत्म हुई और मैं चटाई पर लेटे-लेटे बेमन-सा छत की ओर देख रहा था।

आज शनिवार है, किन्तु आज तो सरेआम फुटबॉल खेलने का सवाल ही पैदा नहीं होता। यदि ऐसा किया तो इसका मतलब है – माँ को गलत समय गुस्सा दिलाना, और फिर माँ का उपदेश शुरू।

इसलिए आज तो किसी से उधार माँगी बिल्ली की तरह चुपचाप सुशील तरीके से आत्म-नियंत्रण करके दिखाना पड़ेगा। और हाँ, आज तो टेलीविजन देखने का मोह भी त्यागना होगा।

"अरे, एक तबादला होने वाला बच्चा भी है!" स्कूल से मिले सूचना-पत्र पर नज़र दौड़ाती माँ ने कहा।

"हायासाका आकिरा! वह खरगोश वाला बच्चा?"

"हाँ, वही। ओह! आकिता[1] जा रहा है। साल के अन्त में तबादला! कितनी परेशानी की बात है...। आज तुम लोगों ने विदाई की बैठक नहीं की क्या?"

"उसे विदाई की बैठक तो नहीं कह सकते; परन्तु...।"

"आकिरा ने क्या किया?"

"सिर्फ 'अलविदा' ही कहा।"

"बस, इतना ही?"

"हाँ, इतना ही।"

उस दिन घर लौटने से पूर्व की सभा में अध्यापक ने आकिरा को ब्लैकबोर्ड के सामने खड़ा किया और उसके कंधे पकड़ते हुए कहा, "अकस्मात् ही आकिरा को आज आप सबको अलविदा कहना पड़ रहा है। यह मेरे लिए भी दुख की बात है। दरअसल उसके पिताजी के तबादले के कारण आकिरा को आकिता प्रांत जाना पड़ रहा है। पाँचवीं कक्षा के पहले ही सत्र में तो यहाँ आया था, और फिर घर बदलना पड़ रहा है। हालाँकि आकिरा को पढ़ाने का अवसर बहुत कम मिला, फिर भी मैं समझता हूँ, हर बच्चों से उसकी दोस्ती आकिरा के लिए एक अनमोल यादगार रहेगी और इसके साथ ही वह हमेशा मन लगाकर अपनी

---

1. जापान के उत्तर-पूर्वी क्षेत्र के एक जिले का नाम।

पढ़ाई करता रहेगा।''

अध्यापक जी के कहने पर अभिवादन के लिए खड़ा आकिरा ने मुँह से केवल 'अलविदा' कहा और वह भी इतने धीमे स्वर में कि सबके लिए उसे सुन पाना लगभग मुश्किल ही था।

आकिरा और हम लोगों की दोस्ती? दोस्ती कहलाने लायक कुछ भी हम लोगों के बीच नहीं था। कक्षा में ठिगनेपन में उसका दूसरा नम्बर था। लड़कियों जैसा सफेद मुरझाया चेहरा। कुछ भी तो खास बात नहीं थी उसमें। शरीर से कमज़ोर होने की वजह से वह छुट्टियाँ भी अधिक करता था। इसलिए मैं समझता हूँ कि दोस्त तो शायद थे ही नहीं उसके।

''वह खरगोश सही-सलामत है?''

''हाँ, सही-सलामत है।''

उस समय माँ को बहुत हैरानी हुई जब छः बजने से पहले ही द्वार की घंटी बज उठी। बाहर जाकर देखा, आकिरा एक बक्सा लिए खड़ा था। वह मुझे बक्से में रखा खरगोश दिखाने लाया था।

यह जून के आस-पास की बात है। मेरी और कोता की खरगोश पर निगरानी रखने की बारी थी। उस दिन हम लोग सुबह जल्दी ही खरगोश का भोजन ले अन्दर के बगीचे में जानवरों के दड़बे के पास पहुँचे तो भारी-भरकम शरीर वाले कोता ने थोड़ा आगे

की ओर झुकते हुए उँगली से इशारा किया।

"अरे, देखो, दड़बे के अन्दर शायद कोई है।"

दड़बे के अन्दर सफेद कमीज पहने एक बच्चा नीचे बैठा हुआ था। नजदीक जाकर ध्यान से देखा तो पाया कि वह आकिरा था।

"यह यहाँ क्या कर रहा है?"

आकिरा के सामने एक काला खरगोश नीचे लेटा हुआ दिखाई दिया।

'इसकी हालत कुछ गड़बड़ लग रही है।' मैंने मन-ही-मन सोचा।

कुटिया के अन्दर जाकर गौर से देखा तो खरगोश एकदम बेजान पड़ा लगातार अपनी नाक सिकोड़ रहा था।

"कल से अच्छी तरह खाना भी नहीं खा रहा है।"

हम लोग खरगोश को घेरे, लहर की तरह सिलवट पड़े उसके पेट को थोड़ी देर देखते रहे।

"ओह!" कोता बोला, "मेरे खयाल से तो यह बीमार है।"

उस समय कोई भी देखता तो उसे वह खरगोश बीमार ही लगता।

अध्यापक को सूचित किया गया। निगरानी की बारी चूँकि हम लोगों की थी, इसलिए स्कूल खत्म होने के बाद जानवरों के चिकित्सक को दिखाने के लिए हमसे

ही कहा गया।

तभी आकिरा चुपके से आया और धीरे-से बोला, "क्या मैं भी साथ में चल सकता हूँ?"

"हाँ-हाँ, क्यों नहीं!" मैंने खुशी से अपनी मंजूरी दे दी।

खरगोश के बारे में अच्छी जानकारी रखने वाला आकिरा का साथ हमारे लिए फायदेमंद था।

स्कूल खत्म होने के बाद, खरगोश के कार्टन डिब्बे को उठाए हम वहाँ से चल दिए। शायद अध्यापक ने फोन कर दिया था जिसकी वजह से चिकित्सक ने जल्दी ही जाँच शुरु कर दी और जाँच के बाद दो इंजेक्शन लगा दिए।

"इसकी तो हालत बहुत खराब है। शायद शाम तक ही बच पाएगा। फिर भी, यह दवा चार घंटे के अन्तराल में खिला देना," कहते हुए चिकित्सक ने दवा खिलाने का तरीका भी अभिनय करके बता दिया।

लौटते वक्त कोता बोला, "ओय, इस दवा को खिलाएगा कौन?"

उसके चेहरे से लगा, जैसे कह रहा हो - 'मुझे तो यह बिलकुल पसन्द नहीं'।

"आकिरा, क्या तुम इसे नहीं सँभाल सकते?"

"हाँ, यह ठीक रहेगा। आकिरा, तुम दवा खिलाने में माहिर भी हो। इसको तुम्हीं सँभालो।"

खरगोश की सेवा करना दिक्कत वाली बात तो थी ही, ऊपर से मैं फुटबॉल के अभ्यास के लिए भी जाना चाहता था। सच बात तो यह थी कि मरने की कगार पर खड़े खरगोश की हालत से मन विचलित था। इसलिए मैंने भी जोर दिया।

परन्तु यह सुनते ही आकिरा का चेहरा खिल उठा, "हाँ, मैं तो यही चाहता था।"

दोनों ओर से पकड़े कार्टन से आकिरा ने आहिस्ता-आहिस्ता उस काले-से ढेर को बाहर निकाला और बड़े प्यार से अपनी छाती से लगा लिया।

"इस तरह ले जाना मेरे लिए सुविधाजनक है, इसलिए ऐसे ही ले जाऊँगा।"

दवाइयों के बंडल को आकिरा के थैले में रख उसके कान सहलाते एवं पुचकारते हुए कोता बोला, "लेकिन यह बात सबसे छिपी रहनी चाहिए, क्योंकि बारी हम लोगों की है, इसलिए हमें ही इसे अपने साथ ले जाना चाहिए था, परन्तु यह काम हम तुमसे करवा रहे हैं। ठीक है न?"

आकिरा मध्यम गति से 'ठीक है' तो अवश्य बोला, मगर उसके इस तरह बोलने से ऐसा लग रहा था जैसे उसका पूरा ध्यान अब खरगोश पर टिक गया था।

मैंने और कोता ने छोटे कदमों से दौड़ते हुए जाते

आकिरा को ऐसे देखा, जैसे एक मुसीबत से छुटकारा मिल गया हो!

उस रात दस बजे के करीब जब मैं सोने की तैयारी कर रहा था तो कोता का फोन आया:

"हम लोग खरगोश की सेवा खुद न कर आकिरा से करवा रहे हैं। अगर यह भेद खुल गया तो अध्यापक जी से जरूर डाँट पड़ेगी! इसलिए एक बार और उससे कहना पड़ेगा कि किसी से इस बात का जिक्र न करे।"

यह जानते हुए भी कि कोता का शरीर जितना बड़ा है, दिल उतना ही छोटा, लेकिन फिर भी मैंने उसकी बात मान ली क्योंकि अध्यापक जी से डाँट खाना मुझे भी पसन्द नहीं। परन्तु हमें इसकी फिक्र ही नहीं करनी पड़ी। दूसरे दिन तड़के ही माँ आहिस्ता से हिलाकर मुझे उठा रही थी:

"उठो... हायासाका आकिरा नाम का एक लड़का आया है।"

"आकिरा? कोता तो नहीं है?"

"क्या आधी-नींद में बक रहे हो? जल्दी से उठो।"

द्वार पर आकिरा कार्टन डिब्बे को छाती से लगाए खड़ा था।

"क्या वह मर गया?" मैंने अनायास ही पूछ

डाला।

"नहीं तो। देखो, कितना प्रफुल्लित है!"

डिब्बे के अन्दर झाँककर देखा, तो खरगोश अपनी काली नाक को हिलाते हुए उछल-कूद मचा रहा था। कल की हालत से बिलकुल भिन्न था वह।

"आश्चर्य! सब ठीक-ठाक है न!"

"क्या हुआ इस खरगोश को?" माँ ने भी डिब्बे के अन्दर झाँका।

"यह स्कूल का है। थोड़ी तबियत खराब हो गई थी तो कल अस्पताल ले गए थे।"

आकिरा खरगोश को वहीं रख लौटने लगा तो माँ ने नाराज़ होते हुए कहा, "अभी तो छः भी नहीं बजे हैं। मैंने सोचा, न मालूम क्या बात हो गई!" और बड़ी-सी जम्हाई लेते हुए वह फिर सोने चली गई।

बाद में जब आकिरा से पूछा तो मैं हैरान था कि चार घंटे के अंतराल में दवा खिलाने के लिए वह बारह बजे तक जगा रहा। केवल सुबह की दवा माँ को खिलाने को कह सोने चला गया था। सुबह जब आँख खुली तो उसने देखा, खरगोश उछल-कूद कर रहा था। बस, खुशी के मारे हमें दिखाने हमारे घर की ओर दौड़ता चला आया।

इस घटना के बाद आकिरा नामक इस लड़के के प्रति मेरी धारणा थोड़ी बदली।

[2]

चटाई पर लेटे-लेटे ही मैं आकिरा और खरगोश को याद कर रहा था कि उसी वक्त छोटी बहन घर लौटी।

"मैं आ गई! हमारा इस साल का प्रशिक्षण का आखिरी दिन कल होगा।"

"अच्छा! बाहर ठण्ड है क्या?"

"हाँ; बहुत ठण्ड है।"

बहन कोट पहने ही कोतात्सु[1] में हाथ-पैर घुसाकर बैठ गई।

आजकल वह कैलिग्राफी सीखने जाती है। तीसरी कक्षा की छात्रा है और मुझसे एकदम भिन्न यानी परीक्षा-परिणाम भी अच्छा लाती है। आज स्कूल के समापन-समारोह के दिन भी स्कूल-गेट से उछलते-कूदते घर पहुँचने वालों में से एक थी वह।

"सुनो भैया, तुम्हारी कक्षा का छात्र... अरे वही घृणित-सा लड़का..." बहन बैठते ही तीव्र गति से बोली।

वह अपनी बात पूरी करती, इससे पहले ही मैं पूछ बैठा, "घृणित-सा लड़का?"

"अरे वही, जो केवल लड़कियों की अँगूठियाँ और मालाएँ इकट्ठी करता रहता है! एक बार तुम लोग भी तो बातें कर रहे थे उसके बारे में।"

---

1. नीचे से हीटर लगा मेज।

"ओह, आकिरा के बारे में कह रही हो?"

तभी चाय परोसती माँ ने हाथ रोककर पूछा, "आकिरा! यानी कि तुम उसी आकिरा की बात कर रहे हो, जो..."

"हाँ, वही।"

माँ को जैसे 'घृणित' शब्द पसन्द नहीं आया हो, मुँह बिचकाते हुए बोली, "आकिरा क्यों घृणित लगता है तुम लोगों को?"

"वह बिलकुल घृणित है।"

बहन ने मुँह टेढ़ा किया।

"क्योंकि सभी कहते हैं, वह केवल लड़कियों की ही अँगूठी, माला बटोरता रहता है।"

"वो तो ठीक है पर यह भी तो हो सकता है कि उसकी छोटी बहन या कोई और होगा उसके घर!"

"वह तो इकलौता है।"

"अच्छा, फिर भी, घृणित शब्द कहना मुझे ठीक नहीं लगता।" माँ ने अपनी नाराजगी जाहिर कर दी।

"लेकिन, क्या वह घृणित-सा नहीं है?"

"चलो, पहले यह तो बताओ कि आखिर क्या किया आकिरा ने जो तुम लोग उसे घृणित बता रहे हो?"

"अभी थोड़ी देर पहले वह स्टेशन पर मिला था। छात्र-वर्दी पहने एक बड़ा-सा रैकसैक कंधे पर लटकाए

हुए था।"

"अच्छा!" माँ हाँफते हुए बोली।

"आज से वह यात्रा पर जा रहा है, मैं उससे जलती हूँ।"

"यात्रा-वात्रा नहीं है। तबादला है, तबादला।"

"तबादला! सचमुच?"

"हाँ, आकिता में तबादला हो गया है उनका।"

"तो क्या उस रैकसैक के अन्दर भी मालाएँ वगैरह ही भरी रही होंगी?"

"इतनी देर से क्यों सिर्फ एक ही बात कर रहे हो तुम लोग? क्या तुम लोगों के पास वाकई कोई सबूत है इसका कि वह ऐसी चीजें इकट्ठा करता है?"

"हाँ, है। है न, भैया ?"

"हाँ।"

"कैसा सबूत?"

"...हाँ, सच कहें तो वह तब की बात है जब हम लोग स्कूल-ट्रिप पर गए हुए थे। जब घर लौटने का वक्त आया तो हमें उपहार खरीदने का समय दिया गया। हम लोग छोटे-पर्स को हाथ में लिए अपने-अपने तरीके से उपहार की खरीदारी में व्यस्त थे। मैं, कोता और मोटा त्युयोशी - तीनों मिलकर एक दुकान से दूसरी दुकान घूमते रहे। सड़क से थोड़ा अन्दर घुसते ही जब हम एक उपहार की दुकान पर पहुँचे, तो

कोता ने मेरे पेट में धीरे से कोहनी मारी और कान में कुछ फुसफुसाया–'ओये, उसे देखो, उसे!'

कोता ने ठोढ़ी से जिस ओर इशारा किया, उधर एक शो-केस के सामने आकिरा खड़ा था।

'वह हमेशा इसी तरह की चीजें खरीदता है।'

'इसी तरह की चीजें?'

कोता के कहने पर जब मैंने उस ओर ध्यान से देखा तो सचमुच आकिरा के सामने उस शो-केस में लड़कियों का झिलमिल चमकता साजोसामान था–

'जड़ाऊ पिन, अँगूठी वगैरह। वह हमेशा ऐसी ही चीजें खरीदता है।'

'उसकी कोई छोटी बहन होगी!' आकिरा को सुनाई न दे इसलिए मैंने धीरे से पूछा।

'नहीं, वह इकलौता है।'

'अच्छा! तो फिर किसके लिए खरीद रहा होगा?' त्सुयोशी फुसफुसाया।

'देखो, माला वगैरह भी देख रहा है।'

सचमुच उस वक्त उसने हाथ में एक माला पकड़ रखी थी। गुलाबी रंग के काँच के बड़े दाने चमक रहे थे, मानो सचमुच के मोती हों! एकटक मालाओं को गौर से देखते आकिरा ने अचानक ऊपर की ओर नजर घुमाई तो हम लोगों से उसकी आँखें टकरा गईं। कुछ अटपटा-सा महसूस कर उसने निगाहें नीचे झुका लीं।

हाथ में पकड़ी माला को चुपके से पहले की जगह वापस रख दिया, फिर तेज कदमों से वहाँ से गायब हो गया!

'जरूर, हम लोगों के देख लेने से वह उसे खरीद न सका।' कोता बोला।

त्सुयोशी गर्दन टेढ़ी करते हुए बोला—'कहीं कक्षा में उसकी कोई पसन्दीदा लड़की तो नहीं?'

'परन्तु...' मैंने अपनी बात रखी—'छठी क्लास में आकर भी इस तरह खिलौने जैसी माला से खुश होने वाली लड़की कोई होगी क्या?'

'अरे भाई, आजकल ऐसे लड़के भी हैं जो लड़की के कपड़े पहनकर लड़की जैसे ही बनना चाहते हैं। आकिरा भी जरूर उसी प्रकार के लड़कों में से है।'

कोता दाँत निकालकर हँसने लगा।

'छीः वह लड़की जैसा ही है।' त्सुयोशी और मैंने कोता से सहमत हो हाँ-में-हाँ मिलाई।

अपने कमरे में लड़कियों के लाल कपड़े, अगूँठी और ढेर सारी माला पहने खेलते हुए आकिरा की वेशभूषा...। इस तरह के हास्यास्पद दृश्य की कल्पना कर हम लोग व्यंग्यात्मक ढंग से हँसे।

आकिरा के उपहार से सम्बन्धित एक छोटी-सी घटना लौटती बस में भी घटी। पिछली रात देर तक हँसी-मजाक करने की वजह से हम सो नहीं पाए थे

इसलिए बस के चलते ही हम लोग झपकियाँ लेने लगे। मैं भी गहरी नींद में सो गया था। शायद बस को चले काफी वक्त हो चला था, तभी पीछे की सीटों से आने वाले शोरगुल से हमारी आँखें खुल गईं।

'ऐं! बड़ी ही शानदार चीज है!'

'ओये, किसकी है?' बस में बैठे बच्चों में से किसी ने कहा, तो मैंने पीछे मुड़कर देखा, विनोदशील मोटा त्सुयोशी अपनी सीट से उठ रहा था।

'अरे दोस्तो! अभी एक कागज का लिफाफा लहराते हुए मेरे आगे गिरा। उस लिफ़ाफ़े को खोला तो...' कहते हुए त्सुयोशी ने गहरी सांस ली और पहले से ज्यादा ज़ोर से चिल्लाते हुए बोला, 'इस तरह की चीज़ निकली!'

सलेटी रंग की लड़ी में गुलाबी काँच के दाने जड़ी वही माला थी। मुझे समझते देर न लगी कि वह जरूर आकिरा की है।

मैंने आकिरा को देखा तो वह एकटक खिड़की के बाहर इस तरह देख रहा था, जैसे त्सुयोशी की आवाज़ उसे बिलकुल भी सुनाई न दे रही हो! वह सीप की तरह बदन कठोर किए हुए था। अब मुझे पक्का यकीन हो चला था कि उसके कान पूरी तरह से चौकन्ने थे।

'लहराते हुए गिरा! इसका मतलब...' टिप्पणीकार

के अंदाज में बोलने वाला यह कोता था, 'दूसरे शब्दों में कहा जाए तो इसका निष्कर्ष यह है कि लिफ़ाफ़ा यहाँ पर रखे रैकसैक से गिरा। या तो वह त्सुयोशी का है या मेरा, या मात्सुनागा का। और हाँ, यह भी तो हो सकता है कि वह आकिरा का हो, क्योंकि गिरा तो वह इधर के रैकसैक से ही है।'

'वह मेरा नहीं है।' मात्सुनागा ने खीजते हुए बोला।

'जाहिर है कि वह मेरा भी नहीं...है।' त्सुयोशी मजाकिया ढंग से बोला।

कोता किसी प्रयोजन के साथ अपने रैकसैक से एक बड़ा-सा पताका निकालकर दिखाया।

'फिर तो...दूसरे शब्दों में कहा जाए तो आकिरा, शायद यह तुम्हारा है?' त्सुयोशी के ऐसा कहने पर आकिरा ने ख़िड़की के बाहर देखते हुए ही 'ना' में सिर हिला दिया।

तुरन्त मेरी आँखों में लड़कियों की पोशाक में आकिरा की तस्वीर तैरने लगी। फिर बैठे-बैठे ही थोड़ा टेढ़ा होते हुए पीछे मुड़कर मैं चिल्लाया-'वह आकिरा का ही है। आकिरा, मैंने तुम्हें इसे खरीदते हुए देखा था।'

और बस, बात की पुष्टि के लिए इतना ही काफी था। आकिरा ने अचानक भौंहों के बीच से निगाहें मेरे ऊपर डालीं।

कोता ने मुझे समर्थन देते हुए बात आगे बढ़ाई– ‘मैंने भी देखा था। यह तुम्हारा है, है न?’

तभी त्सुयोशी ने उस माला को ऊपर उठाते हुए बोला–‘अच्छा, तो यह आकिरा का था; परन्तु, यह तो बताओ महाशय कि आखिर यह तोहफा है किसके लिए?’

आसपास के सभी बच्चे शोर मचाने लगे। तभी अचानक आकिरा ने पैंतरा बदला और त्सुयोशी पर झपटा। त्सुयोशी ने तुरन्त अपनी जगह बदल माला मेरी ओर फेंकी।

‘मुझे वापस करो!’ आकिरा पहली बार कुछ बोला– ‘वापिस करो!’

आकिरा बच्चों को चीरते हुए मेरी ओर बढ़ा। बच्चे शोर मचाने में मस्त थे। मैं आकिरा के साथ झपटा-झपटी करता रहा और अन्त में माला को फिर से त्सुयोशी की ओर फेंक दिया।

‘वापस कर दो। निवेदन करता हूँ, लौटा दो!’ इस बार आकिरा की आवाज़ कँपकँपा उठी।

उसी वक्त, सामने की सीट से अध्यापक जी की भरकम ऊँची आवाज गूँजी, “ऐ, क्या कर रहे हो? चुप नहीं रहोगे तुम लोग?”

तुरन्त सन्नाटा छा गया। आकिरा की आँखों में आँसू छलक आए थे और वह सीटों के बीच खड़ा का

खड़ा रहा।

'लौटा दो...' सुबकती आवाज थी उसकी।

त्सुयोशी ने चुपके से माला उसकी ओर फेंक दी। आकिरा ने शिथिलता से उसे लपका और अपनी सीट पर बैठ गया। उसका कंधा काँप रहा था, जैसे वह रो रहा हो!

'जरा ज्यादा ही हो गया।' मैंने सोचा।

केवल स्कूल-ट्रिप ही नहीं जहाँ आकिरा ने इस तरह की खरीदारी की है। कोता का तो यहाँ तक कहना है कि पिकनिक, सामाजिक विज्ञान के ट्रिप में भी इस तरह की खरीदारी करते वक्त कई लोगों ने उसे देखा है।''

''है न, सचमुच घृणित-सा वह लड़का!'' बहन ने कहा।

''...''

माँ चुपचाप सोच में डूबी थी। उसी वक्त द्वार पर घंटी बजी। पिताजी लौट आए थे, आखिरकार आ ही गया दूसरे दौर का वक्त...।

और मैंने गर्दन झुका ली थी।

[3]

देखते ही देखते हमारी सर्दी की छुट्टियाँ भी समाप्त हो गईं।

सत्र के प्रारंभिक-दिवस-समारोह के दिन कक्षा में घुसे तो आकिरा की मेज़-कुर्सी अब वहाँ नहीं थी। निश्चित ही दिलो-दिमाग से सभी आकिरा को भूल चुके थे।

बहुत साल बाद कक्षा का सामूहिक फोटो देखने पर भी न मालूम कितने लोग उसे याद कर पाएँगे, यह कहना मुश्किल है। बस, इतना ही अहमियत रखता था आकिरा।

लेकिन दूसरे ही दिन उसके अस्तित्व ने मेरे दिलो-दिमाग पर कुछ ऐसा प्रभाव डाला कि मैं उम्र भर भूल नहीं सकता।

उस दिन, घर लौटने से पहले, अन्तिम पीरियड में अध्यापक जी ब्लैकबोर्ड का सहारा लेते हुए खड़े हुए और कुछ इस तरह कहा, "हायासाका आकिरा, जो आकिता चला गया, क्या कर रहा होगा इस वक्त?"

क्षण-भर के लिए सभी ने उस ओर नजरें घुमाईं जिधर पहले आकिरा की मेज-कुर्सी की जगह थी और एक बार फिर अपने आप को याद दिलाया कि हाँ, वाकई अब वह यहाँ नहीं है।

"कल स्कूल में एक पत्र आया है।"

"आकिरा का?" किसी ने पूछा।

"नहीं, इस स्कूल-वार्ड में रहने वाले किसी व्यक्ति ने भेजा है। शायद इसका सम्बन्ध आकिरा से भी है।

अब मैं उस पत्र को पढ़ना शुरू करुँगा इसलिए चुपचाप सुनिए।"

इतना कह कर अध्यापक जी ने अपने-आपको सीधा किया और धीरे से पत्र खोला:

"अचानक अशिष्ट पत्र भेजने के लिए माफी चाहती हूँ। मैं इस स्कूल के इलाके में रहने वाली एक वृद्धा हूँ। सुबह-शाम हँसते-खेलते यहाँ के बच्चों का स्कूल आना-जाना देख मुझे अत्यंत खुशी होती है। अब तो कुछ बच्चे ऐसे हैं जिनका चेहरा परिचित-सा हो चला है उनको कभी पुकार देती हूँ तो वे कभी मुझे अभिवादन भी कर देते हैं।

फ़िलहाल, इस पत्र को लिखने से पहले अनेक सवाल मेरे सामने आए जिनसे मैं परेशान थी। मेरी उलझनें कुछ इस प्रकार थीं: मुझे इस तरह का पत्र लिखना चाहिए या नजरअंदाज कर देना चाहिए? लिख दिया तो मुजरिम ढूँढ़ा जाएगा और एक नई मुसीबत खड़ी हो जाएगी! परन्तु इस डर से मैं यह भी नहीं चाहती थी कि गलतफ़हमी को दूर न करूँ। इस तरह मैं उधेड़बुन में पड़ी रही।

आखिरकार मैंने लिखने का निश्चय कर ही लिया। इसलिए आप लोगों से अनुरोध है कि पत्र पढ़ने के बाद विद्यार्थियों में से मुजरिम की तलाश न करें।

यह बात अभी दो-तीन दिन पहले की ही है।

दोपहर में मैं बगीचे से कपड़ों को समेटने में व्यस्त थी कि बाड़ के उस तरफ से दो या तीन छात्र आपस में बातें करते हुए आ रहे थे। मेरे घर के पास जब वे रुककर बातें करने लगे तो न चाहकर भी मैंने उनकी बातें सुन लीं, जो इस प्रकार थीं:

'ओय, इधर ही है न उस आकिरा का घर?'

'हाँ, वहाँ है, वहाँ।'

दरअसल, हायासाका आकिरा का घर मेरे घर के सामने तिरछे पड़ता है।

'अब तो उनका तबादला हो गया है परन्तु सुना है, वह बड़ा अभद्र था।'

'सुना है, घर में लड़कियों की वेशभूषा में रहता था–अँगूठी, कानों की बालियाँ पहनकर।'

'कुछ लोग ऐसे भी हैं जिन्होंने आकिरा को स्कर्ट वगैरह पहने देखा है।'

'पिकनिक के समय ये सब चीजें खरीदते हुए मैंने भी देखा था उसे।'

'मैंने भी देखा था। हर तरह से लड़कियों जैसा था वह।'

उन बच्चों की बातों में अगर आकिरा का नाम न आया होता तो मुझे पता भी न चलता कि आखिर किसका जिक्र चल रहा है, क्योंकि जहाँ तक मैं आकिरा को जानती हूँ, वह बिलकुल ही भिन्न लड़का था।

तब मैंने बाड़ से इतनी ऊँची आवाज में पूछा ताकि आवाज बाहर उन तक पहुँच जाए–'अरे, सुनो, क्या तुम लोग हायासाका आकिरा के बारे में ये सब कह रहे हो?'

बच्चों को लगा, जैसे उन्होंने कोई गलती की हो और वे चुप हो गए।

'अभी क्या 'अभद्र' तुमने हायासाका आकिरा को कहा?'

इस पर सभी ने हाँ कह सिर झुका दिया।

'तुम लोग कह रहे थे कि वह लड़कियों की स्कर्ट पहनता है। क्या तुम लोगों ने सचमुच देखा है उसे?'

तीनों एक-दूसरे का चेहरा देखने लगे। फिर एक बोला–'जिस लड़के ने देखा, उससे सुना है।'

'तो, तुमने नहीं देखा ना!'

'नहीं।' सिर नीचे किये ही उस बच्चे ने गर्दन हिला दी।

शायद प्रश्नों की बौछार और मेरे चेहरे के अनायास गंभीर हो जाने से बच्चे डर गए और वहाँ से नौ-दो-ग्यारह हो गए।

मैं फिर दोहराती हूँ कि मेरा पत्र लिखने का कतई यह मकसद नहीं है कि मैं यह ढूँढ़ूँ कि ये बच्चे कौन थे और किसने ये अफवाहें फैलाईं कि आकिरा लड़कियों के कपड़े पहनता है। मैं जो आप लोगों को

बताना चाहती हूँ, वह और कुछ नहीं, बल्कि प्रिय आकिरा से सम्बन्धित एक सच है। यह सही है कि आकिरा लड़कियों की मालाएँ और अँगूठियाँ खरीद-खरीदकर इकट्ठा करता था, लेकिन यह सब वह खुद पहनने के लिए नहीं करता था, बल्कि पड़ोस में रहने वाली कुमीचान के लिए खरीदता था।

कुमीचान पाँचवीं कक्षा में पढ़ती थी। वह अपंग-स्कूल जाती थी। मस्तिष्क-स्तंभन से आक्रान्त होने के कारण हमेशा लेटे रहती थी। वह न बोल सकती थी और न ही किसी चीज को पकड़ सकती थी। सभी चीजों के लिए उसे दूसरों पर निर्भर रहना पड़ता था। इस हद तक अपंग थी वह।

आकिरा बहुत ही दयालु लड़का था।

वह मेरे घर की घास-फूल की कटाई-छँटाई में मेरा हाथ बँटाता। बिल्ली और कुत्ते को बहुत प्यार करता था। इकलौता बच्चा, ऊपर से शरीर का कमजोर होने की वजह से शायद दोस्त भी बहुत नहीं थे उसके। इसलिए जैसे ही वह स्कूल से आता, कुमीचान के घर खेलने चला जाता।

कुमीचान इतनी कमजोर थी कि पाँचवीं कक्षा की छात्रा कहना मुश्किल था उसको। खुद तो एक शब्द भी नहीं बोल पाती थी, परन्तु औरों की बातें खूब समझ लेती थी। कोई अगर चित्र-कथा पढ़ देता तो

अत्यन्त प्रसन्न हो ध्यान से सुनती। कोई दु:ख-भरी कहानी हो तो उसकी आँखों से आँसू टपकने लगते।

कुमीचान को तो सबसे अधिक तड़क-भड़क की चीजें पसन्द थीं। पाँचों उँगलियों में अँगूठी पहनना, रिबन और माला, बाल-पिन और कान की बाली... अपनी कीमती चीजें रखने के डिब्बे से सभी चीजों को निकाल पहनती और आनंदित होती।

अब तो समझ गए होंगे आप लोग, आकिरा क्यों लड़कियों की सजावट की वस्तुएँ खरीदता था? वह कहीं भी जाता, कुमीचान के लिए जरूर कुछ न कुछ खरीद लाता।

कुमीचान का खुशी जाहिर करने का तरीका भी महान था। चाहे कितनी सस्ती पिन और अँगूठी हो, हाथ-पैर थप-थप मारती हुई वह पूरे बदन से हर्षोल्लास जताती। इस खुशी को देख आकिरा भी प्रसन्न हुए बगैर न रह पाता।

लेकिन क्या आप लोगों को मालूम है कि नवम्बर महीने के किसी दिन से आकिरा ने ये चीजें खरीदनी एकदम से बंद कर दी थीं? स्कूल-ट्रिप में खिलौने जैसी मोतियों की माला शायद आखिरी खरीद थी उसकी।

आकिरा जब स्कूल-ट्रिप से लौटा तो कुमीचान गंभीर रूप से बीमार हो कमजोर हो चली थी। आकिरा

की खरीदी उस गुलाबी माला को जब उसने पहना तो हलके से मुस्कुरा दी थी। हाथ-पैर हिलाकर आकिरा से धन्यवाद भी न कह पाई थी।

दो दिन बाद कुमीचान भगवान के पास चली गई।

आकिरा लड़कियों की वस्तुएँ इसलिए नहीं खरीदता था कि उसे वे पसन्द थीं।

''जब बच्चों को मैंने उसके बारे में बातें करते हुए सुना तो मैं यह गलतफहमी दूर करना चाहती थी, और इसीलिए मैंने पेन उठा लिखना शुरू कर दिया।''

अध्यापक जी ने पत्र पढ़ना खत्म किया और चुपके-से सबके चेहरों की ओर नजर घुमाई। पूरी कक्षा में एकदम सन्नाटा छा गया। मुझे महसूस हुआ कि मेरे आसपास कोई भी नहीं है और मैं आकिरा की ओर मुँह किए बैठा हूँ। अध्यापक जी नजरों को खिड़की के बाहर ही किए बोले, ''आकिरा...वह बच्चा...अच्छी तरह तो है...''

मैं स्कूल फाटक से निकला। कोता और त्सुयोशी मेरे पीछे आए।

''आकिरा के साथ गलत हुआ न?'' कोता ने कहा।

इस पर त्सुयोशी ने अपनी प्रतिक्रिया दी, ''वह साफ-साफ कह देता तो अच्छा होता।''

''हाँ, ठीक कहते हो। नहीं कहना ही शायद गलत

था। कह देता तो मैं भी शायद कुछ कर देता...''

मैं चुपचाप दोनों की बातें सुन रहा था। कोता और त्सुयोशी की बातें मैं समझ रहा था और साथ ही साथ मुझे ऐसा भी लग रहा था कि कुछ और बात है।

'मुँह से साफ-साफ कह देता तो शायद आकिरा को भी इतना कष्ट न सहना पड़ता।' मैंने सोचा, 'मनुष्यों में ऐसे किस्म के लोग भी हैं, इसलिए क्या यह कहना सही होगा कि ऐसे लोग खराब हैं?'

ब्रेड की दुकान के कोने पर हमने त्सुयोशी से विदा ली। मैं और कोता थोड़ी देर चुपचाप चले। पैट्रोल पम्प के कोने के चौराहे पर जब हम संकेत-बत्ती का इन्तजार कर रहे थे तो अचानक मुझे खयाल आया कि यहाँ दाहिने मुड़ने पर ही आकिरा का घर पड़ता था। जब वह छुट्टी लेता था तो कई बार मैं उसे प्रिन्ट पहुँचाने जाता था। थोड़ा उधर से होकर जाने का मेरा मन हुआ।

''ओए, आकिरा के घर चलकर देखें?''

''क्या तुम जानते हो?''

''हाँ।''

वहाँ से दाएँ मुड़कर थोड़ी देर चलने के बाद जब फिर दाएँ मुड़े तो वहाँ कुछ सुनसान घर थे।

इन्हीं घरों के साथ आकिरा का भी घर था। दीवार का सफेद रंग कहीं-कहीं उखड़ गया था और घर के

अन्दर एकदम सन्नाटा छाया हुआ था। बाड़ के टूटने से बने रास्ते से हम बगीचे में घुसे। वहाँ बन्द पड़े शटर वाला एकमंजिला मकान था। भीगता बरामदा जहाँ सिर्फ एक बार मैं बैठा था। बरसाती की छत पर कई सूखे पत्ते चिपके हुए थे।

हम लोगों को बगीचे में खड़े ऐसा लग रहा था कि किसी भी वक्त घर के पीछे से 'ऐं...' कहता हुआ मुरझाया-शरमाया आकिरा का चेहरा झाँकने लगेगा।

"ओए, यहाँ क्या गिरा हुआ है?" कोता बाड़ के सामने उग आए ढेर सारे पौधों के पीछे से बालूतट में जाने वाली पुरानी चप्पल को उठा लाया। चप्पल की पट्टी पर 'आकिरा' अक्षर थोड़ा पढ़ने में आया।

"आकिरा की है। उसके पैर क्या इतने छोटे थे ?" यह कहकर कोता ने चप्पल को बाड़ की ओर रख दिया।

"इसे ऐसी जगह पर रख दोगे तो आकिरा को जरूर ठण्ड लग जाएगी।"

कोता दाँत निकाल हँसने लगा।

"वो तो है ही। वह कमजोर भी है। यहाँ रख देता हूँ, जहाँ बारिश नहीं आती।" और कोता ने चप्पल उठा बरसाती के नीचे रख दी।

'किन्तु यहाँ वह कुछ अकेलापन महसूस करेगा।' यह सोच मैं कुछ पत्थर इकट्ठा कर लाया और

चप्पल के चारों ओर लगा दिए।

कोता एक कैमेलिया, सर्दियों की कली लगी फूल की टहनी तोड़ लाया जो अभी खिली नहीं थी।

"यह मेरी ओर से।"

"परन्तु इससे तो यह कब्र बन जाएगी!"

"हा...हा...हा...आकिरा की कब्र! जिन्दा रहते ही अगर किसी का कब्र बन जाए तो पापा कहते हैं कि वह लम्बी उम्र जीता है, इसलिए मुझे अफसोस नहीं। लेकिन शायद अब वह छींक मार रहा हो..."

हम लोग एक-दूसरे का चेहरा देख हँसने लगे।

"आकिरा, फिर मिलेंगे!" मैंने चप्पल की ओर देखते हुए कहा।

"अलविदा!" कोता ने हलके से हाथ को ऊपर उठाया।

हम लोग बाड़ के टूटे रास्ते से कूदते हुए सड़क पर आ गए।

●●●

डा॰ उनीता सच्चिदानन्द द्वारा रूपान्तरित, अनूदित, सम्पादित व रचित और राजकमल प्रकाशन द्वारा प्रकाशित जापानी साहित्य

(मूल और अनूदित शीर्षक हिन्दी व जापानी में)

जापानी लोककथाएं : तसवीर का फेर

日本の民話:タスウィール カ フェール

1.	絵姿女房 (एसुगाता न्योबो)	1.	तसवीर का फेर (タスウィールカ フェール)
2.	猿地蔵 (सारु जिजो)	2.	नदी में देवता (ナディーメデワタ)
3.	やまた のおろち (यामाता नो ओरोची)	3.	छाए बादल (チャーエバダル)
4.	七夕 (तानाबाता)	4.	तानाबाता (タナバタ)
5.	一寸法師 (इस्सुनबोशी)	5.	इस्सुन बोशी (イッスンボシ)
6.	桃太郎 (मोमोतारो)	6.	मोमोतारो (モモタロ)
7.	古屋のもり (फुरुया नो मोरी)	7.	टप-टप गुम्बा (タプタプグッムバ)

जापानी लोककथाएं :लोमड़ी की जपमाला

日本の民話:ロムリーキージャプマラー

1.	天福地福 (तेन्बुकुजिबुकु)	1.	सपना सच हुआ (サプナサッチフア)
2.	鷹 鰕 鮫 (ताका एबी सामे)	2.	बड़ा कौन (バラコウン)
3.	狐の玉 の取り合い (खित्सुने नो तामा नो तोरिआइ)	3.	लोमड़ी की जपमाला (ロムリーキー ジャプマラー)

4.	木仏長者 (किबोतोके चोजा)	4. विश्वास का बल (ワィスワース カバール)
5.	宝下駄 (ताकारा गेता)	5. लुढ़कता खड़ाऊँ (ルラクタカラウン)
6.	五得の教え (गोतोकु नो ओशिए)	6. एक एहसान बढ़ा पांच मान (エクエヘサン パラパンチマン)
7.	鴇 の卵 (तोकी नो तामागो)	7. बुज्जा का अण्डा (ブッジャーカアンダ)

पांच चोर

नीइमी नानकिचि

パンチ チョール

新美南吉

1.	花のき村と盗人たち (हानानोकिमुरा तो नुसुबितोताची)	1. पांच चोर (パンチチョール)
2.	おじさんのランプ (ओजीसान नो राम्पु)	2. दादाजी की लालटेन (ダダジキラルテン)
3.	ごんぎつね (गोन गित्सुने)	3. गोन लोमड़ी (ゴンロムリー)
4.	手袋 を買いに (तेबुकुरो ओ काई नी)	4. दस्ताने (ダスタネ)

मेरी दीदी : ओका शूज़ो

メリーディーディー

丘 修三

1.	ぼくのお姉さん (बोकु नो ओनेसान)	1. मेरी दीदी (メリーディーディー)
2.	歯型	2. दांतों के निशान

(हागाता)	(ダントウケーニシャン)

3. 首かざり (कूबी काज़ारी) — 3. माला (マラー)

वाशिंगटन पोस्टमार्च: ओका शूज़ो *

ワシングトンポスト.マーチ

丘 修三

1. あざ (आज़ा) — 1. नीले धब्बे (ニレーダッべ)
2. こおろぎ (कोओरोगी) — 2. झींगुर (ジーングル)
3. ワシントンポスト マーチ (वाशिनटोन पोसुतोमाचि) — 3. वाशिंगटन पोस्टमार्च (ワシングトンポスト マーチ)

* अनुवाद योशिको ओकागुची , सम्पादन: डा॰ उनीता सच्चिदानन्द

राक्षस फूट-फूट कर रोया

हामादा हिरोसुके, त्सुबोता जोजी ,मुशानोकोजी सानेआत्सु,

ラクシャシ フートフート カルロヤ

浜田廣介, 坪田譲治, 武者小路実蓬

1. 泣いた赤鬼 (नाइता आका ओनी) — 1. राक्षस फूटफूट कर रोया (ラクシャシフ--トフートカルロヤ)
2. ある島の狐 (आरु शिमा नो खित्सुने) — 2. एक द्वीप की लोमड़ी (エクデュイープキロムリー)
3. 狐解葡萄 (खित्सुने तो बुदो) — 3. लोमड़ी और अंगूर (ロムリーオウルアングール)
4. 小学生と狐 (श्योगाकुसेइ तो खित्सुने) — 4. लोमड़ी की सीख (ロムリーキシーク)

जलपरी

ओगावा मिमेइ, शिमाज़ाकी तोसोन, कोजिमा मासाजिरो

ジャルパリー

小川未明, 島崎藤村,小島政二郎

1.	赤いろうそくと人形 (आकाइ रोसोकु तो निन्ग्यो)	1.	जलपरी (ジャルパリー)
2.	殿様の茶碗 तोनोसामा नो चावान)	2.	कटोरी (カトリー)
3.	二人の兄弟 (फुतारी नो क्योदाइ)	3.	दो भाई (ドバイー)
4.	笛 (फुए)	4.	बांसुरी (バンスリー)

जंगली गुलाब

मियाज़ावा केन्जी , आवा नावाको , ओगावा मिमेइ

ジャンギリーグラブ

小川未明, 宮沢賢治, 安房直子

1.	野ばら (नोबारा)	1.	जंगली गुलाब (ジャンギリーグラブ)
2.	白い門のある家 (शिरोइ मोन नो आरु इए)	2.	सफेद फाटक का एक घर (サフェーデュファタクカエクガール)
3.	月夜と眼鏡 (त्सुकियो तो मेगाने)	3.	चांदनी रात और चश्मा (チャンドニラートオウルチャシマ)
4.	眠い町 (नेमुइ माची)	4.	उनींदा शहर (ウニンダシェヘル)
5.	注文の多い料理店 (चूमोन नो ओइ रयोरितेन)	5.	अनन्त फ़रमाइशों का भोजनालय (アナントファルマイ

シヨカボジナラヤ)

6.	どんぐりと山猫 (दोनगुरि तो यामानेको)	6.	बन बिलाव (バンビラウ)
7.	狐の窓 (खित्सुने नो मादो)	.	लोमड़ी की खिड़की (ロムリーキキルキー)

नाक बनी मुसीबत

शिगा नाओया, आकुतागावा रयूनोसुके,
आरिशिमा ताकेओ, मात्सुतानी मियोको

ナクバニムシーバト

志賀直哉,
芥川龍之介, 有島武郎, 松谷みよこ

1.	小僧の神様 (कोज़ो नो कामीसामा)	1.	नन्हे का भगवान (ナンヘカバグワン)
2.	城の崎にて (किनोसाकी निते)	2.	किनोसाकी से (キノサキーセ)
3.	鼻 (हाना)	3.	नाक बनी मुसीबत (ナクバニムシーバト)
4.	一房の葡萄 (हितोफुसा नो बुदो)	4.	अंगूर का एक गुच्छा (アングールカエクグッチャ)
5.	黒猫四代 (कुरोनेको योन्दाइ)	5.	एक और काली बिल्ली (エクオウルカリービッリー)

मृतात्मा का गीत

आबे कोबो, साता इनेको, हायाशी फुमिको

ミリッタトマカギート

安部公房, 佐多稲子, 林富美子

1.	キャラメル工場から (क्यारामेरु कोजो कारा)	1.	कैरैमल कारखाने से (ケレマルカールカーネセー)

2. 死んだ娘が歌った (शिन्दा मुसुमे गा उतात्ता) — 2. मृतात्मा का गीत (ミリッタトマカギート)

3. ふうきんと魚の町 (फूकिन तो उओ नो माची) — 3. अकार्डियन (アコルディャン)

हथेली-भर कहानियां

कावाबाता यासुनारी *

ハテリーバールカハニヤン

川端康成

1. 秋の雨 (आकी नो आमे) — 1. पतझड़ की बारिश (パトジャルキバリシュ)
2. さざん花 (साज़ान्का) — 2. पुनर्जन्म (プナルジャンム)
3. 有難う (आरीगातो) — 3. धन्यवाद (ダニヤバード)
4. 日向 (हिनाता) — 4. धूप (ドゥープ)
5. 不死 (फुशी) — 5. अमर (アマル)
6. 母の眼 (हाहा नो मे) — 6. दृष्टि (ディリシティー)
7. 玉台 (तामादाइ) — 7. बिलियर्ड्स (ビリヤード)
8. 雀の媒酌 (सुज़ुमे नो बाइशाकू) — 8. बिचौलिया (ビチョリヤ)
9. 夏の靴 (नात्सु नो कुत्सु) — 9. जूते (ジューテ)
10 歴史 (रेकिशि) — 10. इतिहास (イティハス)
11. 胡子盗人 — 11. चोर

(गुमी नुसुबितो)	(チョール)
12. 夜天の微笑	12. मुसकान
(यातेन नो बिशो)	(ムスカン)
13. 雨傘	13. छाता
(आमागासा)	(チャター)
14. 顔	14. चेहरा
(काओ)	(チェヘラ)
15. 喧嘩	15. झगड़े
(केन्का)	(ジャグレ)

* संकलन व सम्पादन: डा॰ उनीता सच्चिदानन्द

जापानी साहित्य दर्शन : मेइजी से शोवा तक

日本文学の旅: 明治から昭和まで

राशोमोन एवं अन्य कहानियाँ : आकुतागावा रयूनोसुके

ラショモンエワムアンヤカハニヤン

芥川龍之介

1. 羅生門	1. राशोमोन
(राशोमोन)	(ラショモン)
2. 蜜柑	2. संतरे
(मिकान)	(サンタレ)
3. 蜘蛛の糸	3. मकड़ी के जाल का एक तार
(कुमो नो इतो)	(マカリケジャルカエクタール)
4. 杜子春	4. तोशिशुन
(तोशिशुन)	(トシシュン)
5. 白	5. शिरो
(शिरो)	(シロ)

सानशोदायु : मोरी ओगाई
サンショウダユ: 森 鴎外

1. 山 सानशोदायु	1. सानशोदायु (サンショウダユ)
2. 高瀬舟 (ताकासेबुने)	2. अंधेरे में एक नाव चलती थी (アンデレメエクナウチャルティーティー)
3. 最後の一句 (साइगो नो इक्कु)	3. आखिरी पंक्ति (アキリパンクティ)

बिन कान का होइची
कोइज़ुमी याकुमो
ビンカンカホイチ
小泉八雲

1. 耳なし芳一のはなし (मिमिनाशि होइची नो हानाशी)	1. बिन कान का होइची (ビンカンカホイチ)
2. 雪おんな (युकि ओन्ना)	2. बर्फ़ सुन्दरी (バルフスンダリー)
3. ものを言うふとん (मोनो ओ इउ फुतोन)	3. बच्चों की रज़ाई (バッチョンーキラシャーイ)
4. 宝石の涙 (होसेकी नो नामिदा)	4. आंसू बने मोती (アンスーバネモティー)
5. みずな (मिज़ुना)	5. कुनीज़ाका की ढलान (クニザカキダラン)
6. かたい約束 (काताइ याकुसोकु)	6. सोएमोन भूला नहीं (ソエモンブーラナヒン)